Die Therapie

Die Therapie.

Eine moderne Kriminalgeschichte.

Zum zweitausendsten Todestag des Arminius, genannt Hermann, der Cherusker.

Kriminalroman von Baldur Airinger | 2021 ©

Inhalt

Seiltänzer

Hallo, Leute!

Das ist Herr Maier↓.

Herr Maier ist schon etwas älter aber noch ganz fit. Er ist seit einem halben Jahr in Verhaltenstherapie. Suizidgefährdet.
Ein echter Seiltänzer eben.

Wenn man so alt ist, bekommt man die Erinnerungen nicht mehr so richtig zusammen.
Man „ist nicht mehr ganz beisammen".

„Der hat nicht mehr alle Tassen im Schrank!", bekam er oft zu hören.
Naja. Ihm fehlen halt ein paar Jahre. So in der Mitte. Ab etwa seinem 54. Lebensjahr. Da kann er sich nicht mehr richtig dran erinnern.
Ob er da in Vietnam war?
Oder in Kanada?
Möglicherweise einfach lange im Urlaub an der See?

Das und noch einige andere Dinge will er jetzt raus kriegen.
Immerhin hatte er es selbst erlebt.
Sein Leben.
Er musste sich doch erinnern!

In einer Therapie bekommst du Hilfe, hatte er gehört.
Außerdem war es nicht seine erste Therapie.

Seine Therapeutin heißt Frau Fiesler. Eigentlich müsste man sagen, sie hieß Frau Fiesler, denn sie hat ihn rausgeworfen. In dem Augenblick, als er sie am nötigsten brauchte.

Weil er eine Türe laut zugeknallt hatte.

Da hat sie ihn auf die Straße gesetzt und ihm mitgeteilt, dass sie ihn nicht mehr länger behandeln kann.

Er war wie vor den Kopf gestoßen, fühlte sich ohnmächtig, klein, herabgesetzt.

Dabei waren dies genau solche Erfahrungen, weswegen er ursprünglich zu ihr hin gegangen war.

2008 das erste Mal. An einem regnerischen Herbsttag im September.

Er befand sich viele Jahre lang in einem tiefen Graben voller Hass, Angst, Trauer und Leid.

Die eigentliche Therapie, seine Begegnung mit sich selbst, die Konfrontation seiner Ängste, Aufdeckung derer Hintergründe, hat bei Herrn Maier nie statt gefunden.

Seine Therapeutin fühlte sich lieber angegriffen, als seine Verletztheit als solche zu erkennen und brachte sich mit ihrer Absage in Sicherheit.

Nun stand der alte Herr wieder allein mit seinem Problem da, denn eine Anleitung, Führung oder Hilfe, auf die er gehofft hatte, war in der Begegnung mit der jungen Therapeutin nicht erfolgt.

Diese Frau hatte kein Vertrauen zu ihm und wollte sich nicht auf ihn einlassen. Auf das Erforschen der schwarzen Flecken in der Landkarte seiner gequälten Seele.

Er jedoch war bereit gewesen, sich ihrer kompetenten Führung anzuvertrauen. Zumindest hielt er sie für kompetent, denn, wie ein Kind vertraute er dem Schild an ihrer Haustür.

Isolde Fiesler

Dipl.-Psych.

Verhaltenstherapie

Sprechstunden nach Vereinbarung

Dies war auf dem Türschild zu lesen, dazu eine Telefonnummer und zwar für ein Handy, kein Festnetz. Außerdem gab es nur eine „O2" – Ansage einer künstlichen Stimme vom elektronischen Band, worauf man eine Nachricht hinterlassen konnte.

Bisher hatte er die Nummer nur ein Mal gewählt.

Die elektronisch generierte Stimme in der Leitung hatte ihn dermaßen irritiert, dass er kein Wort heraus gebracht hatte.

Wie sollte er sein tosendes Meer von Leid, in dem er bereits ertunken war, auch in kurze, verständliche, zusammenhängende Worte packen?

Nach einer ihm als solche erscheinenden Ewigkeit erklang ein plärrendes „Sie haben die maximale Sprechzeit erreicht", anschließend ertönte unbarmherzig das Besetztzeichen so lange am anderen Ende seiner Leitung, bis die Töne schneidend wurden, diese grausamen Geräusche förmlich sein Gehör zu penetrieren, zu durchstechen und in sein Gehirn einzudringen vermochten, metallisch, kalt wie Nadelstiche erst, hämmerten sie beharrlich und bedrohlich auf ihn ein, dann wurden sie zu Messern, Klingenwaffen und drohten ihn zu töten, wenn er nicht bald einfach nur auf den Knopf drücken würde, mit dem er in der Lage war, seinerseits das Gespräch zu beenden.

Wie einfach diese Welt doch sein konnte.

Federleicht im Kontrast zu seinem Inneren, das tonnenschwer wie ein Felsen auf ihm lastete, der auf seiner Brust lag.

Angst verspürte er.

Angst vor Menschen.

Doch wie war es dazu gekommen?

Er kannte sich selbst als lebenslustigen, waghalsigen Mann, der erst Lehrer, dann Manager wurde und plötzlich vor einer unbeschreiblichen inneren Leere stand.

In seinen Ohren klang noch sein Lachen aus früheren Zeiten.

Damals war er ein mutiger Mensch gewesen.

Diesen fröhlichen, abenteuerlustigen, angriffsstarken Typen wollte er wieder haben.

Wo war er hin gegangen?

Eines Tages, nachdem er sich aufgeregt hatte über einen Autofahrer, einen Geisterfahrer, der ihm auf seiner Fahrspur der Bundesstraße entgegen gesaust war und ihn gezwungen hatte, in eine Böschung auszuweichen, hatten seine Hände am Lenkrad begonnen, zu zittern und er war vom Seitenstreifen der B8 in eine kleine Siedlung am Straßenrand abgebogen, war dankbar über das Gebot, Schritt zu fahren, denn er wollte nur anhalten, den Motor ausschalten und zur Ruhe kommen.

Herr Maier hatte seinen dunkelblauen PKW verlassen und war in der Siedlung spazieren gegangen auf der Suche nach einer Bank, auf der er für eine Weile Platz nehmen und durchatmen konnte. Seinen Wagen hatte er beschaut, er war heil geblieben. In diesem Moment, als nirgendwo eine öffentliche Sitzgelegenheit zu finden war, hatte er das Türschild von Frau Fiesler erblickt und vom Handy aus angerufen.

Sein Handy hatte er gerade neu und er beherrschte so eben dessen Grundfunktionen. Auf einen Anrufbeantworter eines Handys, eine Mobilbox, hatte er noch nie gesprochen.

Erschrocken war er über die Unpersönlichkeit der Ansage. Unmenschlich, herzlos und kalt.

Seinem Hausarzt hatte er bald von seinem Therapiewunsch und von dem Schild erzählt und der Arzt hatte dann die ersten Sitzungen zur Probe mit Frau Fiesler für den Herrn Maier vereinbart, der von dieser Begegnung im Straßenverkehr irgendwie verändert worden war.

„Jeder wird mal abgedrängt, Herr Maier, warum geht Ihnen das so nahe?", hatte der Doktor ihn gefragt. Doch der Internist bekam von seinem Patienten nur ein Schulterzucken zur Antwort und einen trostlosen Blick.

Diese Ereignisse lagen nun etwa ein halbes Jahr zurück.

Mehrmals hatte er die Therapie besucht und zu Beginn glaubte Maier auch, von der jungen Frau verstanden zu werden.

Dies verschaffte ihm eine innere Erleichterung und Hoffnung.

Doch bald wurde die Therapeutin sachlich, kalt und abweisend und drängte ihn, die Probesitzungen zu beenden oder offiziell ein Kontingent von zwanzig oder dreißig Sitzungen zu buchen.

Irgendwie schaffte Maier nicht, sich zu dieser organisatorischen Tätigkeit aufzuraffen.

Vor einigen Jahren noch waren diese Dinge sein Job, in dem er brillant war, es war sein Herzblut, seine Leidenschaft gewesen, denn ein Manager lebte von der und durch die Organisation menschlicher Kontakte, arrangierte Fusionen oder Auflösungen von Firmen, delegierte Aufgaben an andere Menschen weiter, verabredete Meetings, besprach weitere Vorgehensweisen mit seinen Kunden.

Damals war er „im Fluss", oder „Flow", alles funktionierte prächtig.

Und nun?

Zwischen ihm und Frau Fiesler gab es keinen „Fluss".

Über oberflächliches Geplänkel und Abrechnungsgespräche waren sie nie herausgekommen.

Drei mal hat sie ihn abgelehnt.

Erstens, als er ihr gegenüber laut wurde und seine Stimme erhob.

Zweitens, als er zur Toilette ging und dort die Türe zu schlug.

Und drittens, als er anschließend heftig zu heulen begann.

Da drohte sie ihm, sie könne ihn auch einweisen.

Für Herrn Maier fühlte sich das an, wie bei Jesus, der auch drei mal von Petrus verleugnet wurde, bevor der Hahn krähte.

Oder hat Petrus ihn ein mal verleugnet, bevor der Hahn drei mal krähte?

Er wusste es nicht mehr. Es war schon so lange her.

Er wusste nur, dass er damals in Not war.

Manchmal hatte er seine Therapeutin einfach beim Aktenordnen, während sie Notizen schrieb oder ihm Zettel überreichte, beobachtet.

Sie war wunderschön. Höchstens Mitte Dreißig. Schlank.

Elegant waren ihre Kleidung und ihr Schmuck, Modeschmuck zwar, doch niemals aufdringlich.

Anmutig und hoheitsvoll ihre Bewegungen.

Eine Frau, in die man sich verlieben konnte. Doch sie war bereits verheiratet, zumindest erkannte Herr Maier dies an ihrem Ehering, den sie stets am korrekten Finger trug und an ihren Erzählungen über ihren Mann und die kleine Tochter, welche in den Zeiten der Therapie von der Schwiegermutter der Diplompsychologin beaufsichtigt wurde.

Ihr seidiges, hüftlanges dunkelblondes Haar trug die junge Frau stets offen. Wenn sie Herrn Maier ein Blatt Papier oder die Box mit Tüchern hin hielt, glitt dieser golden schimmernde Schleier in einer bezaubernden Bewegung über ihre nahtlos sonnengebräunten Arme.

Jetzt, da Sommer war, trug sie eine weiße kurzärmelige Bluse mit dünnem Pullunder darüber, dazu Blue Jeans, Gürtel mit Goldschnalle um die schmale Hüfte und bei manchen Bewegungen kam ihre nackte, schlanke Taille mit diesem entzückenden Bauchnabel zum Vorschein, Damen tragen heutzutage offenbar keine Unterhemden.

Noch viel interessanter fand Herr Maier aber, dass seine Therapeutin nie Socken oder Strümpfe in ihren Schuhen trug und manchmal auf ihrem Sessel ein Bein unterschlug und dazu vorher mit einer niedlichen Bewegung der Zehen den einen Schuh abstreifte.

Die junge Frau strahlte so viel Lebenslust und Kraft, Abenteuerlust und Vitalität aus, dass es dem alten Mann weh uns Herz wurde. Er neidete ihr ihre Jugend. Unbekümmertheit.

Nicht weil er sie begehrte.

Das war früher einmal. In seiner Studienzeit. Da war er ein echter Frauenheld.

Doch nun fand er kein Interesse mehr an jeglicher Art von Verlangen. Etwas in ihm war gestorben. Und er vermochte sich nicht zu erklären, was es war, geschweige denn, warum.

Herr Maier versuchte seine bewundernden Blicke der Therapeutin gegenüber zu verbergen. Möglicherweise gelang ihm das nicht immer und sie empfand ihn als aufdringlich.

Nun, vielleicht war die Therapeutin als Person aber einfach zu jung und zu unerfahren, um einem Problem wie dem Seinen auf eine sachliche, mitfühlende Art begegnen zu können und hatte deshalb die Therapie abrupt beendet.

Vermutlich unbewusst, denn es war eine spontane Reaktion gewesen, emotionsgeladen und aus seiner Perspektive völlig unvermittelt.

Hätte sie sich ihm gegenübergesetzt, ihn angeschaut, hätte sie ihm ihr Mitgefühl gezeigt und ihn freundlich vorbereitet auf die Offenbarung, dass sie aus ihrer Sicht leider sich gezwungen sah, die Therapie zu beenden, ihm aber noch einige Adressen und Telefonnummern von Kollegen oder Kolleginnen, bei denen er therapeutische Hilfe bekommen und seine Verhaltensthera-pie fortsetzen könnte ausgehändigt, dann wäre Herr Maier nicht dermaßen verletzt und vor den Kopf gestoßen gewesen.

Wir erleben überhaupt die meisten Dinge, Ablehnung, Verlet-zung, Groll, Zorn, Wut, Hass, Liebe, Lob, Streit und Neid, um sie dann mitfühlen zu können, wenn sie uns bei anderen Men-schen begegnen.

Damit wir dann an dieser einen Stelle nicht überheblich reagie-ren müssen, weil wir gar nicht wissen, wovon der Andere spricht oder weshalb er sich so aufführt.

Deshalb begegnet uns unser Leiden.

Allein deshalb.

Das hatte Herr Maier aus seiner Erfahrung mit der Therapeutin, die er zunächst als arrogant empfunden hatte, gelernt.

Er hatte es nicht *von* ihr gelernt. Sie hatte es ihm nicht *gesagt*.

Nicht liebevoll und empathisch mit auf den Weg gegeben.

Nein. Er selbst, Hermann Maier, war dahinter gekommen, denn für ihn war eine Welt ohne Sinn sinnlos und so mussten auch Leiderfahrungen für ihn einen Sinn haben.

Und so suchte er so lange nach einem Sinn seines Leidens bis er einen gefunden hatte.

Leid erlebst du, um anschließend mit anderen Menschen besser mitfühlen zu können.

Das erkannte Herr Maier.

Aus sich selbst heraus.

Nun begriff er auch, dass Frau Fiesler ihn nicht aus Hochmut, sondern aus Hilflosigkeit auf die Straße gesetzt hatte.

Er hatte Recht behalten. Sie war einfach zu jung und konnte ihm gegenüber sich dies nicht eingestehen.

Es war nicht persönlich gemeint.

Es ist möglich, dass nichts, was wir auf der Welt als Leid, Ablehnung oder Verletzung erleben, von den Menschen, die uns dies vermeintlich „antun", persönlich gemeint ist.

Wahrscheinlich wissen diese Menschen nicht einmal, welche Ängste, Nöte und Traurigkeiten deren Verhalten bei uns, bei den „Opfern", auslöst.

Das würde bedeuten, dass es in Wahrheit keine „Täter" gibt.

Wahrscheinlich gibt es dann in Wahrheit auch keine „Opfer".

Das erkannte Herr Maier jetzt.

Immerhin war das ein Anfang einer Heilung.

Jetzt. Nach ungefähr 13 Jahren.

Damals jedoch, im September 2008, half ihm das erst mal auch nicht weiter. Sie hatte ihn abgewiesen. Sie hatte ihn vor die Türe gesetzt. Von jetzt auf gleich. So empfand er es.

Warum?

Was zum Teufel hatte er ihr getan?

Dem Selbstmordgedanken nahe, klopfte er mindestens einhundert mal an ihre Türe und klingelte Sturm.

Er wollte einen Therapeuten. Oder eine Therapeutin.

Und Frau Fiesler war Therapeutin.

Also – wo lag das Problem?

Gehen Menschen nicht deshalb zur Therapie, weil sie Hilfe brauchen?

Ist es dann nicht verständlich, dass sie sich logischerweise auch hilflos benehmen? War das Frau Fiesler nicht klar?

War er der einzige, der mal „aus sich raus" ging?

Wie waren ihre anderen Patienten so?

Alles brave kleine Kätzchen? Liebe Leute, die immer ruhig und angepasst waren? Herr Maier war eben so, wie er war.

In Grübeln zu versinken, half da nichts. Traurig und verzweifelt wischte er sich die heißen Tränen des Zornes mit seinem Hemdsärmel aus den Augen und stapfte langsam zu seinem blauen PKW. Dort drin legte er sich hin und weinte.

Nach etwa einer halben Stunde schaltete er seinen Kassettenrekorder ein.

Der Radiomitschnitt aus seiner Urlaubszeit beruhigte ihn.

Endlich war er bereit, zu fahren und schnallte sich an.

Noch dann und wann schluchzend bog er auf die Bundesstraße ein in Richtung Heimat.

Von einer Therapie, die so, wie sie in ihrer Tiefe notwendig gewesen wäre, bei Herrn Maier nie mit Frau Fiesler statt gefunden hat, kann man auch im Grunde nichts erzählen.

Statt dessen kann er aber von einer anderen Behandlung berichten, die ein junger Mann erlebt hat, der Hermann Maier hieß. Oder hieß er Kaspar? Ist ja auch egal.

Diese Therapie hat auf jeden Fall statt gefunden.

So oder so ähnlich. Dann geht's jetzt mal los mit Erzählen.

Auf geht's, die Geschichte beginnt!

Der leere Briefkasten

„Erkenntnis innerer Freiheit. Långbro, 7. Oktober 1925."

So lautet die Überschrift meiner Hausaufgabe. Ich habe den Aufsatz fertig notiert und habe nun begriffen, worauf es ankommt. Schreiben konnte ich im Raucherraum, so etwa ab fünf Uhr am Morgen. Ohne zu rauchen.

Letzteres mache ich lieber dort, wo ich wirklich ungestört sein kann morgens früh: In meinem Patientenzimmer.

Aber hier, in dem großen Gemeinschaftsraum mit Sofas, Sesseln und schönen Tischen darin, mit Vorhängen, die sich an den herrlichen Fenstern befinden, fühle ich die Weite der Nacht, spüre die feine Stille des Morgens.

Als es draußen zu dämmern beginnt, schalte ich das elektrische Licht der hellen, stoffbezogenen Deckenleuchte aus und werde innerlich wieder ruhig, nach meiner aufwühlenden Beschäftigung mit der Hausarbeit, meiner inneren Arbeit, inneren Studie, meiner Begegnung mit mir selbst.

Träumend betrachte ich die Wolken, die langsam hinter der großen Glasscheibe vorbei ziehen und erinnere mich an die Worte des Anstaltsleiters.

Er sagt: „Alles Leid geht vorüber."

Nur hier, an dem schönen breiten Fenster, durch welches ich in den Gemüsegarten, auf die herrliche Streuobstwiese mit den unregelmäßig wachsenden Bäumen und auf die landschaftliche Gegend hinter dem Park der Anstalt schauen kann, nehme ich vollkommen die innere Stille, die Dämmerung im Außen, am Morgen sowie die Dämmerung, meine eigene innere Morgenröte meiner Selbst, meines Selbst, meines eigenen, inneren Wesens wahr, kann die Form, kann meine Form, meine Grundstruktur, kann meine Wesenhaftigkeit, Wesenheit erahnen, wie immer sie auch ist.

Auch ich bin solch ein unregelmäßig gewachsener, ganz eigenartiger Baum.

Ein goldengelbes Leuchten durchwirkt langsam die Wolken und das Firmament.

Ich bekomme hier, nur hier in der Stille der Morgendämmerung eine Ahnung von mir selbst, wer immer ich auch bin.

Zufrieden mit mir selbst und mit dem Augenblick nehme ich meinen Aufsatz, zwei Papierseiten, in die Hand und gehe leise wieder rüber in mein Zimmer. Wir sollen eine Seite schreiben und wenn uns danach ist, auch etwas malen.

Erst erfasse ich, während ich mir ruhig und konzentriert hier auf meinem Zimmer eine Zigarette drehe, dass ich der jüdische König David bin, dass ich *er* war in einem vorigen Leben.

Die Leute der Kirche würden dies Phänomen wohl abfällig als „Wiedergänger" bezeichnen, als ruhelose Seele, die umherwandert.

Ich bevorzuge schlicht den Begriff „Reinkarnation".

Etliche Visionen, Halluzinationen und Panikattacken hat es gebraucht, bis ich es akzeptieren konnte.

Mein Geheimnis, dieses „Es", wie Kinberg sagt, das gleich einem Vulkan aus mir hervor brechen will.

Es ist noch still und dunkel in dem Herrenhaus, dem hellen Anwesen, in dem ich mich hier in Schweden befinde. Draußen ist es kalt.

Gerade ist sechs Uhr in der Frühe und meine kleine Uhr bimmelt mit hellem fröhlichen Ton die Morgentraurigkeit hinfort.

Unsere Heizung erwacht mit einem tiefen Gurgeln. Sie kann nur zwei Temperaturen: An oder Aus.

Na, wenigstens *haben* wir hier eine Heizung.

Ich lege meinen Morgenmantel aus dunkelgrüner Seide um und schlendere über den klammen, stillen Flur zurück in den Raucherraum. Der alte, beißende Geruch vom abgestandenen

Dunst schwedischer und finnischer Zigaretten gemischt vom Restqualm meiner Belgischen, die ich noch aus meiner Kriegszeit habe, liegt müde und schwer in der Luft, hat sich über Jahre festgesetzt in den Polstersofas, majestätischen Sesseln im hellgrünen Stoffbezug, hellem Holz, den gelben Gardinen, sie sind vom Rauch ergraut wie eine alte Frau.

Frau. Seltsam wird mir, wenn ich an Carin denke.

Noch seltsamer jedoch, wenn ich an meine Mutter denke. Wenn ich nur an sie denke mit meinem Verstand, geht es ja noch.

Tief atme ich durch, kein Rauch kann schlimmer sein und mir besser den Atem nehmen, als das Gefühl, welches aufkommt in meinem Herzen, wenn ich an Mutter mich erinnere, sie ist schon mehr als zwei Jahre tot. Sie starb am 15. Juli 1923, an einem Sonntag und wir beerdigten sie in München.

Lange stehe ich vor dem hohen Fenster, fasse gefühlsverloren an den gelbgrauen Vorhangstoff, ich denke nicht an Mutter. Ich erinnere mich mit meinem Herzen an sie. Gefühlsverloren. Nicht gedankenverloren.

Ja, ich schöpfe gern neue Worte. Ich sehe das Leben aus meinem Herzen. Manchmal. Und dann wird alles anders. Klarer. Einfacher. Direkter.

Langsam wandert mein Blick über den Garten unserer Anstalt.

Solch ein Garten war ich auch. In den Händen meiner Mutter.

Meine Seele hat sie gestutzt wie eine Wiese, mein Herz hat sie zurück geschnitten wie die Rosen dort unten.

Während mein Atem stockt und sich ein Klos in meinem Hals breit macht, bekomme ich weiche Knie und lasse mich auf das Sofa vor unserem großen Hellholztisch hier in unserem Raucherraum im ersten Stock des Hauses fallen, wo ich gern mit Jan und Flügge Karten spiele, wenn sie sich mal gut konzentrieren können.

Kinberg sagt, ich wäre wie ein Therapeut für die beiden, denn unsere Gesellschaftsspiele, Canasta, Mühle, Dame, Schach, fördert ihr Konzentrationsvermögen. Damit würde ich den beiden Männern und ihrem therapeutischen Fortschritt nützlich sein. Besonders Flügge. Unser Flügge. Er sagt, er wird flügge, wenn er an seine neue Freundin denkt, deshalb heißt er unter uns Insassen nur Flügge und sogar Kinberg nennt ihn manchmal so.

Er ist im siebten Himmel mit seiner Freundin. Dann, vorgestern, hat sie ihn verlassen. Nun ist er abgestürzt wie eine in der Luft hoch oben geschlagene Taube, die der Wanderfalke aus großer Höhe fallen gelassen hat.

Armer Flügge. Jetzt will er tot sein.

Mit Zunamen heißt er Heleson aber seinen Vornamen kennen wir nicht. Nur Kinberg kennt seinen richtigen Namen. Er ist dort vielleicht zu verletzlich, weil ihn seine Freundin natürlich immer so genannt hat.

Seinen richtigen Namen verrät er uns nicht. Den darf nur sie aussprechen.

Und natürlich verrät er uns auch ihren Namen nicht.

Er war so voller Liebe. Aber er hat Schwierigkeiten mit Frauen. Große Schwierigkeiten.

Das kann ich von mir nicht behaupten.

Manchmal, wenn ich an so einem Morgen für mich allein in die ruhige Landschaft der Anstalt schaue, geht's mir recht gut. In Dunkelheit. Und in der Dämmerung.

Nun wird es langsam hell und ich mache es mir bequem alleine auf dem Sofa.

Mein Blick gleitet über die helle Blümchentapete, das Radio, was jetzt natürlich aus ist, auf die schöne Tischplatte vor mir mit Einlegearbeiten. Einfühlsam und wehmütig im Herzen lege ich sanft meine Hände auf die Oberfläche der verschiedenen Holzarten und fühle, spüre, ertaste gedankenverloren die Intarsienarbeit, bei der sich das Holz an einigen Stellen aus der ansonsten glatten Oberfläche des Tisches empor gewölbt hat.

Ich habe Mama immer vorgeworfen, dass sie mich schon als kleinen Säugling weggegeben hat, an eine Freundin.

Jetzt erkenne ich, dass sie so hartherzig ist und so sehr voller Hass mir gegenüber steckt, einen Hass, den sie selbst nicht bewusst zu erfassen vermag, dass ich ihr fast dankbar sein kann für die Abwesenheit ihrer inneren Härte, ihrer inneren Kälte, ihres Hasses und ihres Hochmuts mir gegenüber in meiner frühen Kindheit. Es ist der Fels, der an der Stelle ihres Herzens sitzt, dem sie selbst den Rücken kehren will mit ihrem Bewusstsein.

Ihr geht es gut. Sagt sie.

Ich kann in ihr Herz blicken. Sehe Trauer, Kummer, Leid und viele Verletzungen, die sie so tief verdrängt hat, weil sie nie ihre Fassung verlieren wollte. Ich habe sie oft verletzt in alten Leben, wenn das stimmt, was ich im Herzen fühle.

In meinem Herzen. Und in ihrem. Ich kann so gut in ihr Herz sehen, als ob ihr Herz mit meinem verbunden wäre und es keine Trennung gäbe. Wie ein Korridor aus Glas.

Ja. Ich habe meine Mutter oft verletzt.

Ich erinnere mich daran. Sie nicht.

Damals hat sie gelitten. Sie war das Opfer. Aber in Wirklichkeit hat sie mich getragen. All meine Gewaltsamkeit, meinen aufbrausenden Zorn und meinen Hass gegen alles Leben hat sie getragen.

Wie stark sie in Wirklichkeit ist!

In diesem meinem Leben fühle ich mich wie ein Opfer.

Ist das Opfer immer das, was trägt, was erträgt, was die Welt und die Anderen trägt, weil es „Unten" ist, wo immer dieses Unten auch ist, vielleicht in der Hierarchie, als Omegatier.

Wenn es Alphawölfe gibt, gibt es auch Omegawölfe und aus meinem Herzen betrachtet wird der Omegawolf zum Alphawolf, weil er das ganze Rudel, all deren Emotionen, Hass, Aggressionen und Kämpfe erträgt.

Das Omegatier trägt das Rudel.

Die Letzten werden die Ersten sein.

So empfinde ich mein Leben.

In diesem Moment.

Ich sage „mein Leben". Dabei ist es nur mein Bewusstsein, was sich im Augenblick auf die Sicht konzentriert, die mein allgegenwärtiges Bewusstsein momentan aus den Fenstern meiner Seele hat.

Es gibt nicht „mein Bewusstsein" und „dein Bewusstsein". In Wahrheit ist alles verbunden miteinander, ist alles Eins.

Nur wir, die wir in einzelnen Körpern stecken, haben das vergessen.

Meine rechte Hand stößt bei ihrer Bewegung auf dem Tisch gegen die Holzschale, in der unsere Ölkreiden liegen.

Daneben in einem metallenen Gitterchen sind unsere Briefumschläge aufgestellt.

Papierbögen hat jeder auf seinem Zimmer.

Hier in unserer Anstalt sind nur Männer. Derzeit fünfzehn in der Geschlossenen.

Weiße Briefe. Sie sind ja schon hell. Bisher habe ich alle meine Umschläge schwarz gemalt und sie dann Kinberg überreicht.

Ohne Worte.

Heute am Morgen, wo es noch ganz ruhig hier ist und draußen im Garten in den alten Obstbäumen schon die Vögel eifrig singen, Drosseln, Meisen, Stare, Elstern, Raben, Krähen, Häher und ein Käuzchen, was so heiser klingt, als hätte es die ganze Nacht durch gesungen.

Ich greife die Schale mit Kreiden und nehme ein Couvert zur Hand, falte es auf, male wie ein Kind einen satten Regenbogen darauf, umgeben von blauem Himmel, die andere Seite wird ganz hell blau mit einem hell gelben Davidstern darauf.

Gleich, wenn ich in meinem Zimmer bin, kommt mein Aufsatz dort hinein, dann kann ich Kinberg heute noch den Brief geben.

Morgen ist wieder Donnerstag, Tag der Therapiegruppe, wir dürfen entscheiden, ob wir unsere Briefe vorlesen wollen und vielleicht, wenn Kinberg es erlaubt, lese ich meinen Brief vor.

Vielleicht, überlege ich, während ich halb träumend, halb mich in meiner Umgebung orientierend, wieder leise, in meinen Cordpantoffeln mit Ledersohle, in Schlafanzug und Morgenmantel rüber in mein Zimmer schlurfe und meine Türe hinter mir zu ziehe. Abschließen dürfen und können wir nicht.

Kein Schlüssel, kein Riegel an der Tür.

Doch wenigstens haben wir eigene Zimmer.

Ruhig kleide ich mich um.

Gefühlsverloren.

Werde ich meinen Brief vorlesen?

Das muss ich gut abwägen.

Ich muss die Reaktionen der Anderen abschätzen und muss darauf gefasst sein.

Denn es steht etwas neues, krasses, seltsames darin.

Ich fühle mich berufen, die Welt zu heilen!

Ich bin König David.

Ich war König David.

Und ich bin es immer noch.

Wenn man einmal König David ist, dann ist man es immer.

Einmal David, immer David!

Hier in Långbro habe ich es bewusst erkannt und als mein Schicksal angenommen. Mein Herz ahnte diese Wahrheit schon immer, seit meiner Kindheit.

Und dann erinnere ich mich, dass ich einem schussfesten Judenhasser mein Wort gab, ihm mit allem zu dienen, was ich habe.

In diesem Augenblick visioniere ich, sehe ich in ihm Saul, meinen jüdischen Vorgänger als König.

Zweimal, mehrmals hätte ich ihn töten können. Doch ich entschied mich, großherzig zu sein und ließ ihn am Leben.

Nun begreife ich auch, was er will. Ich werde Tikun Olam bringen und er bereitet es vor.

Tief und konzentriert atme ich durch. Mitten in all meinen inneren Bildern, zuvor verborgen im Geäst meiner Ängste, versteckt in den Schatten meiner Sehnsüchte, verloren im Dickicht hilfloser Hoffnung erkenne ich nun meinen Weg, der jetzt klar und gerade vor mir liegt.

Ihn zu gehen ist keine leichte Aufgabe. Einfach schon. In Arbeitsschritten zu handhaben. Als Ganzes klein zu denken. Wir erschaffen eine Form des Hasses und gießen Gewaltsamkeit hinein und das Volk wird sie freudig aufnehmen.

Logisch und einfach zu analysieren ist der Weg: Wir geben ihnen, was sie hören wollen, füttern die Bestie mit Botschaften des Neides und der Lügen, um sie dann zu entfesseln, die Leinen los zu machen und das Halsband und den Maulkorb abzunehmen, damit sie all ihre Gewalt preisgibt: Hilflosen Hass. Grausame Gier. Verblendete Zerstörungswut.

Dieses Handeln wird eine kathartische Wirkung haben.

Gewitter reinigt die Luft. Wir reinigen das Volk von Judenhass und Kriegswahn, indem wir sie so lange damit füttern, bis alles heraus kommt, biss sie es erbrechen, ausschwitzen, ausheulen, ausrotzen und alle Körperöffnungen nur noch Judenhass und Kriegswahn sehen.

Dann werden sie irgendwann genug davon haben. Sie werden satt sein. Sie werden es vollkommen satt sein. Das Volk wird Hass, Leid und Elend leid sein.

Similia similibus curentur: Ähnliches möge durch Ähnliches geheilt werden.

Wir reinigen den Weltgeist und praktizieren solcher Art Homöopathie in ihrer höchsten Form.

„Kathartisch" bedeutet übrigens reinigend. Das weiß ich nicht erst seit meinem Aufenthalt hier in der Heilanstalt für gefährlich Kranke, zu denen ich nach Meinung der Ärzte zähle.

Heilung, Erkenntnis bringt allein die Erfahrung des Selbst, des Selben, des Ähnlichen, aber nie der Kontakt mit dem Gegenteiligen.

Das Leben ist eine Schule und dies ist eins meiner Klassen-zimmer.

Man muss Vertrauen haben. Ich vertraue darauf, dass ich lerne.

Eines habe ich bereits gelernt und zwar in der kleinen Biblio-thek der Anstalt hier in der „Geschlossenen": Es gibt keine Öffnung, durch die Liebe und Friede in einen Menschen hinein kommen kann. So sagt es beispielsweise Theresa von Avila, eine spirituelle Meisterin am Beginn der Neuzeit.

Wenn du wünschst, dass ein Menschenherz sich für die Liebe öffnet, muss es zuvor von allem Anderen leer sein. Frei sein. Rein sein.

Erst, wenn das Herz leer ist, kann es sich mit Liebe füllen.

Entspannt und gefasst zünde ich den Glimmstängel an und nehme den ersten Zug. Mein Blutkreislauf kommt in Wallung, mein Herz pocht heftig. Hier beginne ich zum ersten Mal richtig, mich für meinen Körper und dessen Funktionsweise zu interes-sieren.

Ein kräftiger Atemzug von der Zigarette klärt meinen Geist. Ich spüre, wie sich mein Körper zusammenzieht, erfasse beglückt, wie sich meine Adern verengen, Nerven anspannen, die Freude in mir aufsteigt, Freude, die ich so lange nicht mehr hatte: Den Reiz, die Gewalt des Kampfes. Die Kraft und Macht des extati-

schen Rausches beim Sex, wie sie es hier nennen, den Lie-
besakt.

Vasokonstriktion nennen die Schwestern das.

Sie ermahnen mich ständig, weniger zu rauchen, tun es aber
selbst.

Ich habe sie genau beobachtet. Ich kann den Qualm riechen,
der an ihren Haaren haftet. Ich rieche den Geruch von Rauch
und grauem Dunst an ihrer Haut und den weißen Kitteln.

Sie können noch so weiß sein.

Ich durchschaue sie.

Und dieser Geruch stammt nicht vom Befeuern eines Kamins
oder Heizofens, denn wir haben in der ganzen Anstalt Heizun-
gen.

Das habe ich aus einem stolzen Pfleger heraus gekriegt.

Ich komme schon an meine Informationen.

Sicher wäre ich ein eben so guter Psychiater wie Kinberg, wenn
ich es wollte.

Oder Psychologe. Ich möchte niemanden mit Substanzen voll
pumpen.

Rauch und Rausch liegen eng beisammen, ähneln sich.

Seit einigen Monaten und aufgrund meiner Verletzung an der Hüfte und am Oberschenkel habe ich Schwierigkeiten damit. Mit dem Rausch. Mit Sex.

Das macht mich fertig. Sie wollen, dass ich darüber spreche, aber das will ich nicht.

Langsam und bewusst stoße ich den Qualm durch den schmalen Spalt meiner zusammengedrückten Lippen aus. Am liebsten rauche ich morgens früh allein hier auf meinem Zimmer.

In der Dämmerung. Wenn alles ruhig ist. Nur dann kann mein Geist die Kraft finden, die er braucht, um Klarheit zu erlangen.

Es ist uns verboten, auf unseren Zimmern zu qualmen, aber das interessiert mich nicht.

Ich will verstehen, welche Kräfte alle von außen auf mich einwirken. Kinberg sagt, ich sei beherrscht durch meine Mutter. Als er das sagte, hab' ich erst geweint und dann einen Tobsuchtsanfall gekriegt.

Ich brüllte ihn an, beschimpfte ihn, baute mich vor ihm auf, schrie herum, wie er es wagen könne, so etwas zu mir zu sagen, seine Folter sei ja schlimmer als Knast in einem mittelalterlichen Verlies.

„Ja", antwortete er kühl und schien überhaupt nicht beeindruckt von meinem Leid.

„Das stimmt, denn dort können Sie vor Ihren inneren Teufeln, Ihren Dämonen weglaufen, vor dem Todestrieb und Zerstörungswahn, der Sie beherrscht."

Eine Weile starrten wir uns an.
Dann wich er meinem Blick aus und das machte mich wieder wütend.

„Aggressionen kommen von Angst", sagt Kinberg.

„Nur, wer sich fürchtet, brüllt," fügt er noch hinzu, als hätte er mich nicht genug gequält.

„Sie lieben es wohl, mich zu zermartern, es bereitet Ihnen Freude, mich zu peinigen, mich leiden zu lassen und wenn ich etwas Luft geschöpft habe, mich dann in die Zange zu nehmen und mich nur noch tiefer mit meinem Kopf einzutauchen in meine Seelenqual!"

„*Sie* machen all das, Herr Maier, ich sitze nur hier und rede mit Ihnen. Ganz ruhig, sehen Sie? Es sind nur Worte."
Ich stehe von meinem Bett auf, dann setze ich mich wieder und atme tief durch, bewusst, puste meine Atemluft beim Ausatmen durch meine aufeinander gepressten Lippen.

Und jetzt laut: „Sch – sch – sch", dabei gehe ich im Raum umher.

Es hilft mir, meinen Geist auf einen Punkt zu konzentrieren.
Einspitzigkeit nennt man das. Allerdings nicht hier in der Anstalt.
Ich habe diesen Ausdruck als kleiner Junge gelesen, irgendwo in einem Heft meines Vaters, der, nachdem er öfters in Indien war, als Diplomat der Krone, hinduistische und buddhistische Schriften mit nach Haus gebracht hat.
Ich habe sie alle verschlungen.
Und verkramt.

Wir mussten unsere, pardon, *seine* Burg verlassen, nachdem mein Onkel eine Geliebte hatte. Aber dann, 1923, durfte ich zurück kommen und mein Patenonkel hat mich gesund gepflegt.
Der königliche Hofarzt.
Trotz meiner Schmerzen und Halluzinationen habe ich mich bei ihm aufgehoben gefühlt.
Geborgen.
Angenommen, wie ich war.

Verletzt, verwundet, zerbrochen.

Ich musste meine Zerbrechlichkeit annehmen und er, Onkel Harry, hat es mich gelehrt. Als meine Eltern beide tot waren.

Er gab mir seine ganze Kraft und sein geheimes Wissen mit auf den Weg. Ich habe alles behalten. Trage es in mir drin. Es ist mein Schatz. Mein tiefes Wissen.

Trotz der Folter in den Anstalten – Aspuddens, Katarina und hier – habe ich es nicht preis gegeben. Sonst hätten sie mich wahrscheinlich doch noch für verrückt erklärt und niemals raus gelassen.

Erst war ich scharf darauf, mich mit ihnen anzulegen, mich mit den Ärzten und Schwestern zu messen und meine Kraft zu demonstrieren.

Aber als Carin dann krank wurde und mich an einem Tag nicht besuchen konnte, dachte ich: Was mache ich hier eigentlich?

Ich eitler Pfau!

Ich zeige ihnen, wie Phönix aus der Asche aufersteht, aus der Asche, aus Kohle, aus brennenden, glühenden Kohlen, aus Schmerzen, Leid und Feuer, ich bin der rote Phönix, der aus der Asche aufersteht, aus dem Feuer!

Ein roter, schwarzroter Dämon bin ich!

Ich habe geprahlt, als der Bürgermeister von Stockholm meinetwegen nach Aspuddens kam, ich würde es mit ganz Schweden, dem Militär und der Krone aufnehmen.

Zwangsjacke hab' ich dafür gekriegt.

Und den Aktenvermerk: „Übersteigertes Selbstwertgefühl".

Anschließend haben sie mich im Isolierraum am Boden auf einem Gestell festgeschnallt und brüllen lassen. Bis in die tiefe, ansonsten stille Nacht.

Und heulen, singen, schreien.

Die schwedische, die preußische Nationalhymne hab ich ihnen vorgegrölt.

Keine Reaktion.

Provoziert habe ich sie, die Nachtwache, beleidigt.

Immer noch keine Reaktion.

Die sind mindestens so stur und abgebrüht, wie ich!

Ich beobachte mich selbst, wie ich lässig auf dem wackeligen Stuhl sitze und mein Patientenzimmer voll qualme und sich ganz langsam und allmählich ein lausbubenhaftes, spitzbübisches, verschlagenes Grinsen auf meinem Antlitz abzeichnet.

Im Spiegel der Fensterscheibe sehe ich mein scharf geschnittenes Gesicht, meinen brutalen Blick und genieße das Gefühl der Macht, welches sich soeben in meiner Brust breit macht.

Stolz betrachte ich in der Reflektion des Glases meine vor Kraft strotzende, kräftige Statur, hell, sandfarben gekleidet bin ich, wirke fast selbst, wie ein Arzt.

Ich bin mein eigener Arzt, denke ich und lache.

Hier habe ich anscheinend einen würdigen Gegner zum Spielen gefunden.

Ich kann nicht fassen, dass der Krieg vorbei ist.

Ich bin ohne Aufgabe. Kriegsneurose umgekehrt. Ich leide nicht am Krieg, sondern am Verlust des Krieges, weil ich mich messen will, weil ich meine Macht an anderen demonstrieren will, weil ich mir das Geweih abstoßen will, damit mir im nächsten Frühling ein noch größeres wächst.

Ich muss mich vor Anderen behaupten, um mich zu spüren, sagt Professor Kinberg. Und er rät mir, ich soll ein *echtes* Selbstwertgefühl erlangen, eines, dass kein Gegenüber zum Demonstrieren braucht, dann könnte ich ohne Krieg weiter leben und den Verlust des Krieges überwinden.

Echtes Selbstwertgefühl.

Kinberg glaubt, ich hätte kein Selbstwertgefühl!

Der war noch nie im Krieg.

Ich muss ihn mal fragen.

Ich habe hier Visionen in der Anstalt.

Der Oberarzt hält mich für geistesgestört, verrückt, nervenschwach, moralisch indisponiert, feige und gemeingefährlich, brutal und hysterisch.

Wer weiß, vielleicht hat er ja Recht.

Feige bin ich möglicherweise, weil ich nicht dazu stehe, Arminius der Cherusker oder auch Hermann, wie ihn Martin Luther nannte, wie lustig, dass er ihn nicht gleich Hermann Wilhelm genannt hat, ich unterbreche mal kurz meinen Gedankenschwall für einen heftigen Lachanfall!

Ich erhebe mich von meinem Sitz und gehe einige Schritte in meinem Räumchen auf und ab.

Ich hab kaum Platz darin, aber genug Raum zum Lachen ist immer.

Hermann Wilhelm der Cherusker!

Hahahaha! Besiegte im Jahre Neun nach Christus drei römische Legionen in der später so genannten Varusschlacht!!

Haha! Das ist komisch! Ich glaube, es sind nicht die Medikamente, die mich so lebendig machen, ich lache einfach, sage nur halbe Sätze, weil der eine schon beginnen will, bevor der andere zuend gedacht ist, dann wird mir seltsam im Herzen und ich werde still.

Das bin ich. Es ist nicht das Paracodin, nicht das Morphium und auch nicht die Kochsalzlösung, die sie mir gegeben haben.

Lustig finde ich auch, dass ich felsenfest davon überzeugt bin, Martin Luther persönlich gewesen zu sein. Aber wenn ich das erkläre – und dann auch noch dazu stehe – was machen sie dann wohl mit mir? Werden sie mich an der Zimmerdecke fest schnallen, statt am Boden? Oder an der Wand aufhängen?

Werden sie mir Drogen geben, die meinen Geist derart zerfetzen, dass ich mich weder an meine früheren Leben, noch an meine früheren Namen, noch an meinen heutigen Namen, an mich selbst, meine Schwestern und Brüder oder an Carin erinnern kann?

Carin.

Ich streite mich offenbar so gern mit den Leuten hier, dass ich *sie* dabei vergesse.

Sie, mein Leben, meine Liebe!

Sie vergessen.

Wie furchtbar!

Stumm schaue ich eine Weile aus dem Fenster. Erschöpft und matt nehme ich Platz auf meinem Metallbett, das an der Wand festgeschraubt ist.

Ein letzter Zug, dann ist der Sargnagel aus und ich zertrete den Stummel auf dem Boden, hebe ihn auf und zerreibe den Rest Tabak, Asche und Papier so lange zwischen meinen Fingerspitzen, bis ich ihn wie Staub an der grauen Matratze abwischen kann.

Nichts bleibt von der Zigarette, als ein etwas klammer, beißend säuerlicher Geruch, der bald verfliegt.

Nichts bleibt.

Nichts bleibt, aber genug Raum zum Weinen ist immer.

Mir ist nicht leicht in meinem Herzen.

Eines weiß ich: Menschen sterben. Seelen leben weiter.

Leben einfach weiter und vergehen nicht. Sie lernen nur, sammeln Erfahrungen.

Jagen Erfahrungen. Fliehen vor Erfahrungen. Bis sie eintreten in den Strom.

Ich bin so ein Flüchtling.

Aber ich bin auch ein in den Stromeingetretener. Ich muss mich nur dazu entscheiden!

Der Geist hat eine Eigenschaft: Er fühlt nicht.

Ich jedoch entscheide *nicht* mit dem bloßen Verstand.

Ich gehe den Weg meines Herzens!

Ich denke an Carin.

Ich fühle Carin, spüre sie, fühle ihr Blut in meinen Adern rauschen, höre ihre liebliche Stimme.

Ich vermisse sie.

Und ich erinnere mich an meine Aufgabe.

Ich bilde mir ein, eine Seele zu sein, die die ganze Welt in Bewegung setzt.

Ich möchte diesen Weg mit Carin gemeinsam gehen.

Mir ist klar: Ich bin der Einzige, der es tun kann.

Aus Liebe zu meinem Volk.

Zu allem Volk aber vor Allem zu meinem Jüdischen Volk.

Aus meinem Geist und Wesen heraus: Vollendete Zerstörungsgewalt in den Zügeln in meinen Händen im einen Heilsstrom eines Sotapanna.

Ein Sotapanna ist einer, der in den Strom seines eigenen Karmas eingetreten ist.

Es ist ein Mensch, der die Bewusstseinsklarheit erlangt hat, dass alles, was ihm begegnet, Ereignisse sind, die er sich selbst herbei gewünscht hat.

Deshalb sträubt er sich nicht mehr gegen die Geschehnisse.

Ich muss das offenbar noch besser lernen, es reicht nicht, dass es mir nur bewusst ist.

Ich muss es praktizieren können, in jeder Minute, jeder Sekunde, in jedem Augenblick.

Das Fliegen ist dafür eine gute Grundschule.

Eine Grundschule für meine totale Selbstbeherrschung.

Um bei den Schießübungen und vor allem dann im Kampf mit dem MG, das am Flugzeug fest montiert ist, zu zielen, muss man die Maschine zuvor perfekt beherrschen.

Wenn der Tank leer wird, wenn der Motor oder das Maschinengewehr heiß wird, wenn der Tank mal wieder leck ist und das Benzin in Form eines weißen, beißenden Nebels sich in der Luft verteilt.

Wie oft habe ich Briefe an die Heeresleitung geschrieben und habe Anthony Fokker persönlich aufgesucht, er möge das korrigieren.

Naja.

Also die Instrumente des Flugzeugs, vor allem, wenn es ein Kampfflugzeug ist, muss der Pilot exakt und in jedem der so extrem schnell aufeinander abfolgenden Momente wieder neu interpretieren können.

So ist es auch mit meinem eigenen Körper.

Mein Blut gerät in Wallung.

Mein Körper erhitzt sich.

Ich spüre das Epinephrin, das Adrenalin durch meine Adern zirkulieren, merke, dass ich kurz vor der Explosion bin, analysiere das Problem, nehme die Zügel meines Willens aufmerksam in die Hand, steuere mich selbst achtsam, selbstsicher und schnell, wie im Kampf die Maschine, ob es eine Fokker ist, Messerschmitt, also Croneiß aus Fürth oder Junkers, spielt keine Rolle, das Beispiel, die Übertragbarkeit der Lektion auf meinen eigenen Organismus ist wichtig.

Hier lerne ich, alles, was ich an Fliegerkunst gelernt habe, auf mich selbst und mein Leben zu übertragen:

Maschinen- und Technikbeherrschung wird zu Selbstbeherrschung, Erkenntnis über den Zustand der Maschine über das Gefühl in meinem Hintern, ja, eine einmotorige Maschine fliegst du vor allem mit dem Hintern, es ist ähnlich wie beim Reiten.

Die Ausrichtung der Steuereinheiten, Konstellation der Wolken, der Wind, der Geruch des Abgases und anderer Stoffe in der Luft, du fliegst eine Maschine mit allen Sinnen.

Ebenso lerne ich hier, mich selbst und meine Funktionsweise, meine eigenen Systeme mit allen Sinnen wahrzunehmen.

Und dabei bin ich immer dessen gewahr, dass ich keine Maschine bin, sondern ein Wesen, das lebt, das fühlt, mit der

Haut, mit meiner Seele, mit meinem Herzen, mit all meinen Sinnen – und eben auch mit meinem Hintern!

Das stimmt doch! Klingt komisch, ist aber so!

Wir dürfen nicht den Fehler machen, uns selbst mit Maschinen zu vergleichen, sonst werden wir lieblos und sind ohne Mitgefühl.

Ich war Buddha.

Vielleicht.

Ich spüre es irgendwo.

Aber er, Buddha, konnte wohl besser loslassen, als ich, von alten Leben, von anderen Existenzen.

Und vom Habenwollen.

Mir gelingt das nicht sehr gut, zumindest nicht im Moment.

Carin, ich habe Dich bedroht und Thomas, Deinen Sohn.

Ich habe Euch so heftig geängstigt, dass Thomas Dich sogar anflehte, Du solltest mich springen lassen, als ich im Frühjahr noch in Stockholm in der Wohnung keinen anderen Ausweg sah als den direkten Weg durch unser Küchenfenster.

Wir wohnen nicht par Terre und auch nicht Souterrain und es regnete damals.

Wie auch an dem Tag, an dem alles endete, was mir so lieb und heilig geworden war.

Da kannte ich Dich noch nicht, Carin, mein Herz.

Und dennoch hat die Tatsache, dass es so abrupt endete in einem Bierkeller in Aschaffenburg, vieles in mir verändert, zerstört.

Ich hätte es ahnen können. Wissen müssen. Doch ich war nicht bereit, loszulassen.

Ich bin nicht bereit, neue Horizonte zu erkennen.

Das Leben geht weiter.

Doch ich, ich wehre mich dagegen.

Sagt Kinberg.

Immer denke ich an einen regnerischen, grauen, kalten Tag im November und an Bodenschatz, meinen Adjutanten, dem ich befahl, in den Dienstwagen des Stabsoffiziers der Krone zu steigen und mit ihm nach Darmstadt zu fahren vor einigen Jahren im November 1918.

Wo ist Karl Bodenschatz jetzt?

Wo Lothar von Richthofen, Udet, Loewenhardt?

Oft sehe ich ihre Gesichter, gehe mit ihnen im strömenden Regen, bei starkem Wind durch den Schlamm auf und ab in Tellancourt, unserem letzten Feldflugplatz, um die Übergabe der Maschinen auf eine mir und meinen Männern passende Art zu diskutieren.

Tropfen, Hagelkörner, hart wie Geschosse, peitschten in unsere Gesichter, Nässe durchweicht Hosen, Jacken, Mäntel und Mützen, die Parachutes, wie Fokker zu sagen pflegte und den Befehl, das Stück Papier, das mir Sorgen bereitet.

Kapitulation?

Kommt nicht in Frage!!

Ihre Stimmen höre ich im Dunklen hier in der Anstalt, im Schweigen in der Stille der Nacht.

Sie, die Ärzte, sagen, es sind Halluzinationen.

Ich weiß, es sind Erinnerungen.

Erinnerungen an echte Menschen, die, so hoffe ich, irgendwo noch leben und es sind echte, reale Dinge, Handlungen, die passiert sind.

Wo sind diese Handlungen hin gegangen?

Wo hin verschwinden all die Augenblicke?

Wohin vergehen die Momente?

Mein Weg der Kapitulation war eine klare Drohung.

Groß ist meine Gabe zur Grausamkeit. Doch stärker noch ist meine Kraft zur Liebe! Thomas und Carin, ich liebe euch und auch dich, Nils, dem ich alles nahm, die geliebte Gattin, dein Kind und all deine Liebe.

Wohin vergehen die Momente?

Sie zerrinnen wie Tränen im Regen.

Alles ist Eins: Kampf und Gelassenheit, Loslassen und Streit, Hass und Liebe, Krieg und Friede, sie spielen im Tanz der Ewigkeit.

Nils. Auch du liebtest Carin!

Ich liebe Euch! Und Nils, ich verstehe, fühle Dein Leid, nehme all Deine Worte an, sie sind nicht böse, sie sind die Quittung für den Schmerz, den ich Dir zufügte.

Wer kann einfach seine geliebte Braut in die Hände eines Anderen geben?

Niemand.

Wer kann einfach von einem Vater zum Nächsten, naja, sagen wir, zu einer Art Onkel, gehen, zum neuen Freund, zur neuen Flamme Deiner Mutter?

Verlangen kann ich dies alles von Dir nicht. Nur erbitten. Hoffen.

Ich bin in Euer Leben eingebrochen wie eine Naturgewalt, wie ein riesiger Wal, der plötzlich vor Dir auftaucht mit Macht aus der tiefen Dunkelheit des Eismeers in der Nacht und Du konntest ihn nicht kommen sehen.

Ich liebe auch Dich, Thomas und verstehe, vergebe Dir Deine Angst, ich fühle Deine Angst, die Du spürtest vor mir, als Du Deine Mutter batest, sie möge es einfach geschehen lassen, dass ich aus dem Fenster springe.

Nun muss ich meinen Stromeintritt vergessen, damit ich meine Aufgabe ausführen kann. Denn so weit, dass ich es mit totalem Gleichmut und ganz bewusst kann, so weit bin ich noch nicht. So weit beherrsche ich den Gleichmut noch nicht, Gleichmut, eine Gabe der Götter.
Liebe, starke Kraft meines Herzens! Wir brauchen keine Kriege! Dieser soll der letzte sein! Mein Herz ist mein Weg! Das erkenne ich jetzt!
Mein Herz gibt den Ton an.
Sinuston.

Der Sinusknoten gibt den Ton an. Im menschlichen Herzen. Er steht in der Hierarchie unseres Herzens ganz oben!

Haben ein Japaner und ein Deutscher herausgefunden. Vor knapp zwanzig Jahren. Hab ich alles hier gelernt. Es ist seltsam mit mir, einige Dinge, ganz wesentliche Dinge über mich, lerne ich erst hier in der Anstalt kennen!

Muss ich erst in die Psychiatrie kommen, um mich selbst kennen zu lernen?

Mein Herz sieht klar und auch mein Verstand ist klar!

Mein Herz ist der direkte Weg zum Nächsten!

Ich blicke mich um, betrachte mein hell grün gestrichenes Zimmerchen, es misst etwa drei mal vier Meter, das Fenster schließt oben in einem leichten Rundbogen ab, kann nicht geöffnet werden und ist von außen mit Gitterstäben verziert, die massiv in die Wand eingelassen sind.

Es ist schon ein seltsames Gefühl, dass **ICH**, einst einer der größten Piloten der Welt, nun hier von Menschen Befehle entgegen nehmen muss, die weder einen militärischen Rang besitzen, der den Meinen übersteigt, noch, dass sie mich kennen.

Als Junge wollte ich wissen, was schwedische Gardinen sind, jetzt weiß ich es, das ist spitze!

Wieder erfasst mich heftiges, herzhaftes, lautes Lachen.
Die anderen Insassen draußen können es sicher über unseren Flur oder in ihren Zimmern schon hören.

Es ist mittlerweile hell geworden draußen.

Hier in der schönen Anstalt im geschlossenen Trakt bin ich, der in einem Seitenflügel des Haupthauses liegt, das hübsch anzusehen ist, eine prächtige Villa.
Gefällt mir, ich habe keine Schwierigkeit, mich hier heimisch zu fühlen, nein, eigentlich nicht. Ich mag nur nicht gefangen sein. Und ich will verstanden werden.
Und nicht um jedes Brot, jede Zigarette, jeden Kaffee, jeden Schritt zur Toilette betteln müssen. Ansonsten mag ich die Landschaft hier.
Das Haus, die Långbro Suchtklinik, ist ein architektonisches Werk von Gustaf Wickman, hell gestrichen, macht einen einladenden Eindruck auf mich, immer wenn ich den Park betreten darf und liegt in dieser ruhigen, ländlichen Gegend hier in Stockholm.

Während des ersten Jahrzehnts dieses Jahrhunderts wurde sie gegründet.

Das erfasse ich alles mit meinem klaren Verstand.

Darauf legen sie hier in Långbro immer besonders großen Wert.

Den klaren Verstand!

Für meinen klaren Verstand bin ich unendlich dankbar!

Manchmal glaubte ich, der sei hier in Gefahr.

In Lazaretten, verschiedenen Feldlazaretten und Krankenhäusern war ich ja schon oft, aber diese geistigen Heilanstalten, Irrenanstalten, wie die Leute sagen, sind Maschinen von ganz anderem Kaliber!

Da wirst du voll gespritzt mit Substanzen, die dir den Kopf verwirren, wirst gefügig gemacht, ruhig gestellt, wirst innerlich zerrissen, zerfetzt, auseinander genommen, sie quälen dich mit Fragen, aber eine Sache hat mir Professor Kinberg beigebracht.

Er, dieser ruhige, gefasste Mann, immer kontrolliert, selten zeigt er Gefühle. Viel habe ich aus ihm nicht herausbekommen, sein Antlitz, seine Art sich zu geben schaut nicht aus, als wäre er je in seinem Leben Soldat gewesen und wäre wie ich dem Tod begegnet. Dem Rausch des Todes, dieser wahren Macht.

In diesem Leben, wo ich ihn jetzt kenne. Die meisten Menschen bemerken ja ohnehin nur dieses eine Leben, in das sie nun hineingeboren sind.

Dass alles Leben ist, auch der Tod und alle Leben davor und selbst die Zeit dazwischen, wer begreift das schon außer mir und Carin?

Ach, sie ist mir solch ein Halt!

Sie allein versteht mich!

Und mein Onkel, Hermann Epenstein, der hat mich viel gelehrt, er versteht mich auch.

Und Karl Bodenschatz.

Wo sind sie wohl alle?

Ich will sie suchen, will sie wieder finden, doch Carin, Carin!!

Auf der Offiziersschule habe ich gelernt, exakt zu befehlen.

Während Kinberg mit mir in seinem schönen, hellen Büro sitzt, mit hübschen Gardinen, einem bemerkenswerten Schreibtisch aus wunderschönem Holz, ja, da passiert schon etwas mit mir und ich fühle mich wohl in seinem Büro und fühle mich geehrt, hier bei ihm sein zu dürfen.

Es erinnert mich an mein Büro, meinen Schreibtisch im Standortquartier des Jageri.

Eine Anamnese ist die Erhebung einer Krankengeschichte.

Ich leide unter höllischen Seelenqualen. Wie soll ich ihm erklären, dass ich der jüdische Messias bin, der Moschiach, dass ich die Wiedergeburt Karls des Großen, Napoleons des Ersten und des Königs David bin, der aus dem Alten Testament?

Wenn diese Themen in meinen Erzählungen vorkommen, runzelt der Professor immer die Stirn. Das macht mich wütend. Hilflos.

Verzweifelt. Verloren fühle ich mich dann, weil er mich nicht versteht.

Es macht mich fertig, tötet mich innerlich. Macht mich wild. Ich will ihm an die Kehle springen, ihn zu Boden werfen und ihn zwingen, mir zu glauben, so wichtig ist es mir, dass *er* mich versteht, so hilflos bin ich.

Doch ich beherrsche mich, frage ihn, mit einem Leuchten in den Augen, ob er sich vorstellen könnte, in diesem Moment mit mir eine Zigarette zu rauchen. Ich schaue mich in seinem hübschen Arbeitszimmer um.

Sonst liege ich vor ihm auf einer Liege, flach, wie eine Tischdecke und er, der Professor, sitzt neben mir. Wir schauen uns nicht an. Ich rede. Er tut nichts.

Ob er mir zu hört?

Ob er mich versteht? Wie kann er das, wo er doch mein innerstes Sehnen, mein Verlangen nicht zu erfassen vermag.

Meine Ängste.

Meine Furcht.

„Es ist viel Licht hier im Raum!", bemerke ich, ihm gegenüber, an seinem Schreibtisch sitzend.

„Die Jugendstillampe auf Ihrem Tisch macht alles aus. Sie fängt das Licht im Raum und bündelt es zu einem wachen Moment der Erkenntnis, sogar, wenn sie ausgeschaltet ist!

Die Blumen erwecken diesen ansonsten spartanisch gestalteten Ort zum Leben. Und die dicken Wälzer vor der Heizung liegen gut da. Das Papier wird nicht feucht und bekommt keine Flöhe, außerdem flößen die Bücher mir echten Respekt ein!"

Ich grinse ihn an und betrachte dann die beiden Telefone neben ihm auf der Fensterbank.

Er öffnet seine Schreibtischschublade und hält mir aus einer silbernen Dose Zigaretten hin. Ich schaue ihm kurz in die Augen, dann auf die Schatulle, greife eine Zigarette und bedanke mich bei ihm, während er mir Feuer hin hält.

„Ich rauche nicht. Aber bei den Patienten löst es die Zunge!",
erklärt der Professor, ohne sein Gesicht zu verziehen. Er kann
reden, ohne dass sich dabei sein Oberlippenbart bewegt.
Und er hat meine unausgesprochene Frage gespürt.
Und geantwortet.

Glücklicherweise spreche ich genug Schwedisch, um seine
Worte klar zu verstehen.

Gestern erlaubte er, dass ich wieder aus meinem Zimmer in
den Gang hinaus darf und es mir freisteht, ohne Begleitung die
Toilette zu nutzen, mir einen Kaffee zu holen und mit den anderen Patienten in den Raucherraum zu gehen.

„Sie müssen es aushalten", sagt Kinberg, als er mir den Besuch
der Gesellschaftsräume verbietet.

„Nein! *Sie* müssen es aushalten, dass Flügge durchdreht und
Jan, weil die beiden jetzt nicht mehr mit mir Karten spielen!",
entgegne ich mit Feuer im Blick, vorgestern, als Flügge ausge-
tickt ist, weil er einen Brief seiner Freundin erhielt.

Als der Professor bei der Anamnese auf meine militärische
Ausbildung zu sprechen kam und mich an meine Zeit in

Deutschland, in Karlsruhe und Lichterfelde, dann in Metz und Mühlhausen während des Krieges, an meine großartige Zeit als Pilot erinnerte, in Belgien, an eine Zeit, in der ich alles, was ich mir wünschte, auch erreicht hatte.

Ich war Kommandant des Jagdgeschwaders Richthofen Nr. 1!

Und als solcher ein Mann, der seine Wege, sein Leben, seine Ziele klar erfasst und die Zügel in der Hand hält.

Ich habe immer noch die Zügel in der Hand! Ich muss es nur begreifen!

Es geschieht alles, was ich mir wünsche!

Auch hier, *hier* in der Anstalt!

Ich muss es nur klar genug vor Augen haben!

Klar. So klar, wie mein Verstand. Ich bin in der Lage, klar zu denken! Daran hat mich der Professor gestern in seinem Büro erinnert!

Ich schließe meine Augen und bin dankbar dafür!

Auf diese Art hat er mich geheilt!

Das ist es, worauf es Kinberg ankommt! Meine Geistesgegenwart für den jetzigen Augenblick!

Ich kann meinen Namen, das heutige Datum und kann die Uhrzeit nennen. Es ist 06:35 Uhr in der Frühe am – warte – am 7. Oktober 1925.

Meine Armbanduhr mit Datumsanzeige haben sie mir zurück-gegeben.

Jemanden, der eine Armbanduhr trägt, kann man nicht ordent-lich am Boden fest ketten.

Die Morgenzigarette ist aufgeraucht. Jetzt kann ich einen hei-ßen Kaffee gut gebrauchen. Das Gebäude ist recht klamm und nur spärlich geheizt und ich darf ja jetzt mich wieder frei hier in der geschlossenen Abteilung bewegen.

Die Kaffeemaschine steht im Flur.

Mit Bedacht öffne ich meine Zimmertür.

Alles ist immer noch leise im Haus, auch der Patient nebenan, Ole Borgerson, der fast die ganze Nacht vor Schmerz gestöhnt hat, ist wohl endlich mal eingeschlafen. Wenn er mich nachts weckt mit seinem Weltgejammer, bin ich oft erst wütend auf ihn, dann beruhige ich mich und versuche die klaren Nächte und den grandiosen Sternenhimmel durch mein Fenster zu betrach-ten, diesen herrlichen Sternenvorhang, den wir hier nachts am Firmament haben.

Das letzte Mal habe ich ihn mit Carin gesehen, aber da waren wir in Stockholm bei Carins Eltern, nicht hier in Långbro.

Sie kann sich für derlei Phänomene begeistern, wie sonst kein Mensch auf der Welt, den ich kenne.

Mit meiner Tasse in der Hand auf dem morgendlichen, stillen Gang hier in der Anstalt nehme ich diesen Augenblick bewusst wahr.

Wenn sie mir gerade keine Schmerzen zufügen, mich einsperren oder gegen meinen Willen in die Zwangsjacke stecken, finde ich es sogar ganz schön hier, mit dem glänzenden, immer frisch polierten Linoleumboden, den schmalen Holzschränkchen, der Glaskabine, dem Aquarium, wie ich das Labor der Geschlossenen nenne und dem Büro des Professors, der jeden Morgen Punkt acht Uhr mit seinem Aktenkoffer sein Büro betritt.

Professor Kinberg ist zwanzig Jahre älter als ich, ein schlanker, stiller Herr, 52 Jahre alt, irgendwie verschlossen, innerlich starr, fast verklemmt, manchmal glaube ich, es übersteigt ihn all das hier, diese Geisteskranken, wirklich armen Kerle, denen man ihre Krankheit ansieht.
Ich sehe es.
Wenn ich tagsüber in Ole Borgersons Räumchen einen Blick werfen kann, sitzt er auf der Bettkante, den starren Blick geradeaus auf die Wand geheftet, auf einen Punkt im Nirgendwo und er streicht sich unentwegt mit seiner linken Faust über das linke Knie, immer im Kreis. Einmal hab ich ihn gefragt, was er

da macht, da hat er tatsächlich geantwortet und mich kurz an-
gesehen.

„Ich bin Gott. Ich halte die Welt am Laufen. Wenn ich die Welt
nicht drehe, bleibt sie stehen und wir sterben alle!", antwortete
er, dann ging sein Blick wieder zu dem undefinierten Punkt an
der Wand und er wurde selbst zu einem, der aus der Welt, die
sich dreht, schon heraus gefallen ist.

Kriegsneurose.
Sagt Kinberg.

Nachdenklich und ganz bewusst nehme ich den köstlichen Duft
des Kaffees wahr. Die Portion in der kleinen Tasse ist schnell
ausgetrunken, die Tasse stelle ich auf das Tablett für benutztes
Geschirr.
In Wahrheit bin ich selbst Gott.
Aber das sage ich Borgerson natürlich nicht.
Mit dem armen Kerl muss ich mich wirklich nicht streiten.
Außerdem darf man als Gott ruhig großzügig sein. Soll er sich
eben meinen Posten einbilden.
Irgendwann werden wir alle erkennen, wie sehr wir Gott sind.
Den göttlichen Funken trägt jeder Mensch in sich. Mindestens,

wenn nicht auch Tiere, Pilze, Pflanzen und Steine. Das wusste schon Meister Eckhart vor langer Zeit.

Und Theresa von Avila. Sie ist ausgezeichnet. Hier in der kleinen Bibliothek der Anstalt habe ich ein Büchlein über sie gefunden. Es ist zwar in schwedischer Sprache verfasst aber ich spreche schon ganz gut Schwedisch und lese es einfach so gut ich kann. Der Rest wird schon kommen, das, was ich noch nicht verstehe.

Darauf vertraue ich.

Auf dem Flur, in dem sonst Schreie, Rufe, Stöhnen, Beschwerden, Hetztiraden und heftige Vorwürfe zu hören sind, ist alles ruhig, ich wandele einige Schritte auf und ab, werde mir meiner Freiheit ganz bewusst.

Mit einem Mal trifft mich ein Geistesblitz. Ich gehe zum Telefon, lasse mich von der Vermittlung verbinden mit Carin Maier auf Schloss Rockelsta bei Flen und rufe Carin an, sie ist auch gleich am Apparat und ist schon wach gewesen, ich bitte sie, her zu kommen und mich abzuholen, denn ich sei geheilt.

Erst schweigt sie.

Wie wunderbar, jetzt und hier ihre Stimme zu hören!

„Es dauert aber eine Weile. Wie geht es dir, Hermann?"

„Einige Tage war ich ruhig und darf mich deshalb auf dem Flur frei bewegen und telefonieren."

Ich sehe mich um. Von der Belegschaft ist noch niemand hier.

„Gut. Ich komme. Verhalte dich ruhig, ja? Ich liebe dich so sehr!"

„Danke, dass du mich abholst, mache alles in Ruhe und gib auf dich acht. Ich liebe dich. Bis dann!"

Nach dem Telefonat lege ich den Hörer auf.

Als weiterhin alles still bleibt im Haus zucke ich nur mit den Schultern, lächele bei dem Gedanken an Carin und gehe zurück auf mein Zimmer.

So allein, ohne die sonstigen Rufe der anderen Patienten, fühle ich mich hier wie der Chef dieser Abteilung. Das ist witzig, wo ich doch ihr gefährlichster Kranker bin, wie es in meiner Gegenwart ein mal Professor Kinberg raus gerutscht ist.

Jetzt wird es Zeit. Das Personal muss gleich eintreffen.

Augenblicklich verspüre ich keinen Groll gegen sie, weder gegen den Professor, die schlanke Gestalt im täglich grauen Anzug unter dem Kittel ohne Gefühle mit dem immer gleichen Gesicht, nicht bei allen Patienten gern gesehen, weil er sich auch mit den Leuten anlegt, ihnen Grenzen setzt und diese auch konsequent durchzieht.

Das steigert sein Ansehen in meinen Augen.

Ich bin auch den Pflegern nicht böse, dass sie mich halb zusammen geschlagen haben, bis das Sedativum eingesetzt hat, damit sie mich in der Gewalt haben, um mich fest zu ketten an dem Gestell auf den Bodendielen.

Und die Schwestern tun auch nur ihre Arbeit.

Sicher spielt bei der Wahl des Dienstortes auch der Machtfaktor eine Rolle, das Bedürfnis nach Kontrolle und juristisch legitimierter Gewalt. Keine und keiner von ihnen wird letzteres zugeben. Ich kenne mich mit meiner eigenen Psyche ganz gut aus und durchschaue daher auch ihre. Im Grunde ticken wir alle gleich.

Ich habe ihnen alles gesagt, was ich empfinde. Und damit ist mein „innerer Postkasten" leer, wie Professor Kinberg sagt.

Er hat uns bei der Gruppentherapie ein Bild vermittelt, bei dem wir unser Herz mit einem Briefkasten vergleichen sollen und erst, wenn der leer sei oder nur mit bunten Briefen und Botschaften der Liebe gefüllt sei, könnten wir wirklich Heilung finden.

Bunte Briefe. Botschaften der Libido. Angewandte analytische Psychologie.

Ich halte das System von Sigmund Freud für Quatsch. Es ist die Analyse eines Menschen, der selbst ein großer Angstpatient ist. Er ist Angstpatient, ohne, dass er sich dessen bewusst ist. Von daher weist seine eigene Theorie einen großen, zentralen Fehler auf: Es existiert keine Trennung zwischen Libido und Todestrieb. Diese Unterteilung ist Blödsinn, ist engstirniges Schubladendenken eines Durchschnittsdualisten.

Dualistisches Denken, das heißt, die Unterscheidung der Einheit des wahren Lebens in Gut – Böse, Freund – Feind, Hell – Dunkel, Schwarz – Weiß ist in keiner realistischen Situation des Lebens von Bedeutung.

Diese Extreme sind reine Konstrukte eines einfach gestrickten menschlichen Geistes, der den verzweifelten Versuch unternimmt, die komplexe Realität des Lebens in einfach zu denkende Schemata zu pressen.

Solch eine Denkweise muss ganz einfach scheitern, und zwar an der schlichten Realität, die immer komplex, situativ, in ständigem Wandel begriffen und extrem wechselhaft ist, wie ein Fluss.

Um es prägnant zu formulieren: Unser Leben ist in all seinen Formen relativ.

Wie hat mein Vater gesagt, als wir in Berlin wohnten: Dem eenen sinn Uhl is dem andern sinn Nachtigall!

Mein Gut ist Dein Böse, meine Hoffnung Deine Hölle, meine Not Deine Stärke!

Mein Feind ist Dein Freund.

Ja, Carin, so sieht meine Welt hier aus, ich bin einem System ausgesetzt, welches hinten und vorne nicht stimmt, in sich brüchig und äußerst zweifelhaft ist.

Die Therapie, mit der sie hier Schizophrenie heilen wollen, was „im Zwerchfell gespalten" heißt, und wohl die dualistische Trennung der Einen Wahrheit meint, dass so viele Realitäten existieren, wie es Bewusstseine gibt, nämlich der situativen, konstruierten, relativen, subjektiv empfundenen Wahrheit jedes einzelnen, jedes eigenen Bewusstseins, diese Therapie also, der psychoanalytische Ansatz Sigmund Freuds, ist in sich schon schizophren.

Sie ist „im Zwerchfell gespalten", indem sie eine Aufspaltung des Daseins postuliert, die nicht in der Wirklichkeit existiert.

Satan und Gott sind Eins.

Eine Einheit.

Untrennbar.

Hass und Liebe sind nur zwei Seiten einer ganzen Münze.

Der psychoanalytische Ansatz muss scheitern.

Professor Kinberg jedoch glaubt felsenfest an diese Spaltung.

Das wäre so, als wenn wir in der Schule glaubten, nur, weil es Fächer wie Biologie, Mathematik, Physik gibt und Chemie, würden beispielsweise Bäume als Häuflein binomischer Formeln, physikalischer Gesetze, Eimerchen voller chemischer Elemente, etwas Photosynthese und einiger Portionen Atmung herum stehen.

Sie sind mir bisher immer in Form von Bäumen begegnet, egal, in welchem Land ich war, auch wenn in allen Ländern niemals ein Baum als lebender Organismus, als atmendes, wachsendes, ganzheitliches Wesen in Schulen und Universitäten betrachtet wird, sondern immer nur als Summe seiner Bestandteile.

Das Leben, die Welt ist aber viel, viel und weit mehr, als die Summe seiner beziehungsweise ihrer Bestandteile.

Aber wem sage ich das, Carin, wenn es einen Menschen auf der Welt gibt, dem das bewusst ist, dann bist Du dieser Mensch! Ich vermisse Dich so sehr! Du verstehst die Ungetrenntheit der Einheit, die Nicht-Dualität, Nicht-Zwei!

Bunte Briefe!
In meinem Herz – Briefkasten krame ich nun nach Botschaften der Liebe. Das ist unsere Hausaufgabe vom letzten Donnerstag, dem letzten Termin der Gruppentherapie.

Diese Form des Umgangs mit psychisch Kranken basiert auf einer Theorie von Professor Kinberg, die er mit uns in der Praxis erproben will. Wir sind quasi seine Versuchsobjekte. Er behauptet, wir, die Patienten, lösen mit unseren authentischen Aussagen Prozesse der Erkenntnis, der Einsicht, sowie der Offenheit bei den anderen Patienten aus, indem diese die Aussagen hören und sie die Botschaft innerlich berührt.

Patienten, welche sich selbst in dem „abnormal – verrückten" Zustand befinden, wie Kinberg es formuliert, würden Dinge erzählen, auf die kein Arzt oder Psychiater, also kein „normaler Mensch" kommen würde.

Ich weise darauf hin, wie sehr sein Denken dualistisch geprägte, schizophrene Züge trägt. Der wahre Verrückte ist an dieser Stelle der Arzt selbst, nicht der Patient. Der Patient berichtet aus seiner subjektiven ganzheitlichen Wahrnehmung, wohingegen ein Arzt oder Psychiater, ein Mensch, welcher die Aussagen des Patienten bewertet und in Kategorien von „Gut", „Böse", „Richtig" und „Falsch" auftrennt, nichts anderes tut, als einen fertigen Gehrock wieder aufzutrennen und in seine Einzelteile, Ärmel, Aufschläge, Torso, Schoß und dergleichen auseinander zu nehmen.

Ein derart aufgetrennter Gehrock ist nicht mehr zu tragen, da er kein Gehrock mehr ist, sondern ein sinnloser Haufen Einzelteile und auch eine Psyche, die in Kategorien wie gut, böse, richtig und falsch aufgeschnitten wird ist nichts weiter als ein sinnloser Haufen Einzelteile.

Das Aufteilen einer Seele ist die Krankheit, nicht die Seele.

Allerdings – das Bild mit dem Postkasten gefällt mir.

Wir sollen alles aufschreiben oder malen, was uns an Gedanken und Bildern im Inneren begegnet.

Hierbei erkenne ich: Alles liegt an der Liebe. Mein ganzes Leben liegt in meinem Vermögen, zu lieben! Seit immer schon!

Vor hunderten von Jahren, als ich Karl der Große war, wie wahrhaftig hab' ich damals geliebt?

Mein Freund und Adjutant aus dem Weltkrieg, Karl-Heinrich Bodenschatz, kann das schon lange: Wahrhaftig lieben. Nicht nur mit dem Verstand, sondern aus ganzem Herzen. Ich weiß es, denn ich spüre, dass er mich mit seinem ganzen Herzen liebt!

Ich, Karl, König der Franken, habe aus Verstand und Machtgier geliebt und prägte mit meiner Form der Liebe mein ganzes Reich.

Wie feinsinnig, wie tief, mit welcher Hingabe, wie wahrhaftig habe ich als Karl meine Frau Hildegard geliebt?

Wie heftig die Langobardenprinzessin Desiderata?

Wie aufrichtig liebte ich wahrhaft Himiltrud und verstieß sie dann?

Auf welche Art und Weise liebte ich meine Freundinnen, Gespielinnen, Mägde, Friedelfrauen? Wie umgarnte ich sie, wie zärtlich liebkoste ich ihre Wangen, wie sehr vergötterte ich sie?

Wie heftig, heiß und innig, herzlich, wie leise, stumm verstehend, wie anmutig, höfisch, hoch aufrichtig, ergeben, hoheitsvoll liebe ich wahrhaft meine Carin?

Du, mein Herz, trägst mein Herze in Deinem.
Führst es immer mit Dir.

Oft ist meine Seele heiter wie die eines reinen Kindes, voller Vertrauen und Glück an der Hand seiner Mutter.
Wenn wir beisammen sind. Einer Mutter, die niemals geht.
Doch Du schautest nicht glücklich aus, als wir uns das letzte Mal sahen. Wirktest bedrückt.
Wir erlebten gemeinsam eine Sonnenzeit, waren unbeschwert und frei und ich will sie nicht aus der Hand geben.
Mein Herz, was kümmert Dich?
Ich weiß, es ist meine Sucht. Ich erkenne Dein Leid tief in Deiner Seele. Entdecke es im Augenhintergrund der Fenster von

Psyche, die Du ganz mir und vollkommen bist und ich bin Amor, der Dich durchstößt mit dem glühenden Schwert ewiger Liebe.

Was fehlt dir, mein Schatz?

Ich weiß, es ist unser gemeinsamer Frohsinn.
Lange schaue ich in die Kammern meiner Seele, den Postkasten meines Herzens.

Ich betrachte meinen schwarz-mahagonifarben lackierten Spazierstock mit Silberknauf.
Er erinnert mich an meinen Geschwaderstock.
Vom Kommandeur des Jagdgeschwaders Richthofen Nr. 1, Hauptmann Reinhard, übernahm ich ihn einst am Tage meiner eigenen Ernennung zum Kommandeur desselben Geschwaders am 8. Juli 1918.
Damals war ich Oberleutnant.
Reinhard übernahm ihn von Richthofen und dieser bekam ihn einst geschenkt von einem bayrischen Holzschnitzer.

Bodenschatz hat alles notiert im Kriegstagebuch des Jageri.
Augenblicklich befindet sich dieses Kleinod, dieser Splitter meines Herzens auf Schloss Rockelsta in Carins Zimmer, welches

sie dort auf dem Gut ihrer Schwester Mary und des Grafen Eric von Rosen hat.

Lange und nachdenklich schaue ich auf meinen Gehstock.

Was ist nur aus mir geworden?

Ich erinnere mich an einen jungen, harten, kernigen Piloten, der einst alle Hürden mit Kusshand nahm. Damals war ich frei. Es ist schon seltsam mit mir.

Das Land war gefangen in einem zermürbenden Krieg, doch es war die leichteste und freieste Zeit meines Lebens gemeinsam mit meinen Jahren als Kadett in Karlsruhe und Lichterfelde und der Zeit, als ich Carin in Schweden kennen lernte.

Carin hat Recht.

Wie frei kann ich sein, wenn ich abhängig bin?

Hell und klar erscheint Dein Antlitz vor meinem inneren Auge.

Dein liebliches Gesicht. Ich schließe meine Augen.

Bei Deinem letzten Besuch senktest Du oft die Augenlieder.

Meine Liebe, auch, wenn Du Dich fröhlich gibst, sorglos und frei, künden mir Deine Linien, die stumme Sprache Deines Mundes, wie Du ihn formst, die Winkel neigst, von stillem Kummer, der tief in Dir ist, verborgen.

Bist auch Du krank?

Krank an der Seele?

Musste Dein Herz zu viel schon tragen, tragen an mir?

Einst war mir leicht.

Ich war der König der Lüfte.

Als Richthofen von uns gegangen und Reinhard sich am 3. Juli 1918 in diese eine Maschine setzte, eine Testkonstruktion von Claudius Dornier, ein Doppeldecker aus der Zeppelinwerft.

Sie hatte noch keine Typenkennzeichnung und nur eine Grundlackierung.

Ich bin sie kurz vorher geflogen.

In meinen Händen ging sie leicht, wendig, wunderbar verschmolz ich mit ihr, wie Alexander und Bukephalos wurden wir zur Einheit.

Als ich landete, war ich begeistert und dann, wer konnte es wissen, wolltest auch du diesen Vogel testen.

Du stiegst ein und zwangst ihn hinauf, gerade gestartet, höher, höher, ja, der Motor war noch warm von meinem Flug.

Triebst sie härter rauf, Wilhelm Reinhard, du warst der Geschwaderkommandant des Fliegenden Zirkus.

Vor mir, dem Kommandanten der Jasta 27, konntest du nicht zurück stehen.

Keine Ruhe gönntest du ihr, bis sie auf so ungefähr 3000 Meter war, das sahen wir von unten. Dann ein Geräusch wie ein Knacken und da war die eine Tragfläche gebrochen. Deine Schicksalsgefährtin stürzte mit dir nieder.

Wilhelm Reinhard, auch Du warst Kommandeur des Jagdgeschwaders Richthofen Nr. 1 und starbst am 3. Juli 1918.
An diesem Tag.

Wir, die wir übrig blieben, haben Dein Andenken in Ehren gehalten.
Das Jagdgeschwader Richthofen Nr. 1, der „Fliegende Zirkus", das Ruhmreichste unter den Deutschen, war nun wieder ohne Kommandeur. Und ich, Hermann Maier, ich erbte Dein Kommando, Wilhelm Reinhard!
Karl-Heinrich Bodenschatz, Adjutant des Jagdgeschwaders Richthofen Nr. 1, einer meiner besten Freunde, der mir mindestens ebenso ans Herz gewachsen ist, wie mein Kamerad Bruno Loerzer, kann es bezeugen.
Das Jagdgeschwader 1 bestand ursprünglich aus den Jagdstaffeln 4, 6, 10 und 11 seit Juni 1917. Er ließ das Jageri, wie dies Jagdgeschwader in der militärischen Kurzsprache hieß, antreten und las den Befehl des Oberkommandierenden vor:

„Gemäß Befehl des kommandierenden Generals der Luftstreitkräfte Nr. 178 654 vom 8. 7. 18 wird Oberleutnant Hermann Wilhelm Maier, Träger des Pour le mérite, des Eisernen Kreuzes Erster Klasse, des Zähringer Löwen mit Schwertern, gegenwärtiger Kommandeur der Jagdstaffel 27, zum Kommandeur des Jagdgeschwaders Freiherr von Richthofen Nr. 1 ernannt."

Es war der 8. Juli 1918.

Ich bin so hoch gestiegen! Nun bin ich hier in Långbro in der Irrenanstalt gefangen in meinem eigenen Herzen, weil dort Angst ist, keine Liebe.

Hart klingen die Worte meiner Mutter noch in meinen Ohren, die sie einst zu meinem Vater sagte, als wir aus Veldenstein ausziehen mussten, 1912:

„Wer hoch steigt, kann tief fallen!"
Nur, wer hoch steigt, kann tief fallen.

Bin ich Prometheus? Ist es wahr, was ich in meinem Inneren sehe, was mir Angst macht, mich erdrückt, mir meine Luft zum Atmen nimmt?

Ich sah mich als ein Erzengel, Asasel der Name, dann als Jakob, Sohn des Isaak, dann als David, Vater des Salomon, dann als Siddharta und bald Chin, Erster Kaiser Chinas, Gaius Julius Cäsar, als Jesus, Arminius, der gleichzeitig mit Jesus gelebt hat, oder doch nicht?

Arminius wurde nicht alt.

Jesus auch nicht. Kann eine Seele gleichzeitig in zwei Körpern leben? Ohne, dass diese beiden Wesen voneinander wissen?

Ich sah mich selbst als der kriegerische Frauenheld Mohammed, der ebenso wie David und Karl der Große gern mit dem Schwert und seiner „Libido" kämpfte.

Das Schwert würden sie hier in Långbro „Todestrieb" nennen, nach der Freudschen Theorie.

Und doch ist in mir selbst, ist in meinem eigenen Wesen beides fest miteinander verbunden, in mir sind Todestrieb und Libido vereint. Man kann sie nicht trennen.

Um dies zu tun, müsste man mich auseinander reißen.

Ich habe das Gefühl, dass sie genau das hier machen. Sie reißen mich in Stücke, zerfetzen mich, wenn sie mich durch die Freudsche Brille betrachten.

Ich sah mich selbst sogar als Buddha, als Gautama Siddharta und ebenso als ein Junge, Nachiketa der Name, der weit vor Siddharta im hinduistischen Indien lebte, der von seinem Vater geopfert werden sollte und vor Schreck den Gott des Todes, Yama, um die Geheimnisse des Todes bat.

Yama weihte Nachiketa ein. Nachiketa wurde zwar geopfert, aber ohne Furcht. Er erkannte, dass es eine Übung für ihn war, von der Angst vor dem Tode loszulassen.

Nachiketa betrat das Reich des Todes durchs Opferfeuer wie ein Junge, der fröhlich und behutsam seine Füße erst, dann die Beine, dann sachte den ganzen Körper in den kühlen, klaren See taucht, um darin zu schwimmen und zu tauchen und zu baden. Um sich zu erfrischen.

So ist es.

Wenn wir sterben, erfrischen wir uns in dem klaren, reinen See der Körperlosigkeit, bevor wir wieder in die nächste Körperlichkeit eintauchen wie in einen Erdanzug, den wir hier auf der Erde brauchen, um zu atmen.

Nach dem Tod tauchen wir einfach ein in unsere nächste körperliche Hülle. Und keine Bange vor dem Tod! Und vor dem Kamalokafeuer! Es dient nur der Reinigung!

Der Erfrischung! Der Läuterung der Seele!

Ich habe gelernt, meine Visionen von den Halluzinationen zu unterscheiden.

Es ist ganz leicht: Halluzinationen sind die Sprache meines überangestrengten Verstandes und sind graue, manchmal schwarzrote, chaotische Briefe.

Meine Visionen jedoch sind die Sprache meines Herzens: Klare, goldene, helle Briefe!

Was ist mit mir geschehen?

Carin!

Carin, Du hast Recht!

Ich muss mich von meiner Sucht und zu allererst aus meiner Lage hier befreien!

Was mache ich hier?

Werde ich geprüft von meinen Schicksalsmächten? Bin ich ein Zadiq, der auf seine Stärke hin getestet wird?

Erlebe ich hier, was Mystiker die „dunkle Nacht der Seele" nennen?

Ich widerstehe den Kräften der Versuchung nicht nur, ich assimiliere sie, nehme sie in mir auf.

Mein Wille ist stärker, als meine Furcht!

Liebend löse ich das Lasso, mit Leichtigkeit entbinde ich mein Herz von der Fessel meines Verstandes, die ich ihm selbst auferlegt habe. Ich lege mein zielloses Denken, mein Grübeln, meine Selbstbestrafung ab.
Selbstkasteiung.
Wo ich sie losgelassen habe, gelange ich zur Liebe!

Heftig schmerzt auf einmal meine Hüfte. Hart sticht er zu, Abraham, komm! Ich nehme den Kampf mit dir auf! Ramme mir den heißen Dorn in meinen Rücken, den Sporn meiner Eigenliebe! Sporne mich an, mein Herzchakra für mich selbst zu öffnen! Treibe dein Schwert mit aller Gewalt zwischen meine Schulterblätter hindurch, damit es leidvoll, leidenschaftlich, lustvoll mein Herz durchstößt, auf dass es auf geht, sich öffnet für die Liebe!

Ja! Du stehst wahrhaft hinter mir, Abraham! Ich verstehe jetzt dein Kunststück, sehe den Lernweg in deinem Handeln!
Carin!
Carin, bleib bei mir!
Ich sehe Carin, wie sie dahin schwindet, verblasst, vergeht.
Sie lächelt! Mein Herz schmerzt.

„Nein!", brülle ich und schlage heftig mit meinen beiden Fäusten auf die Wand meines Raumes ein.

Meine Hände bluten, rasend im Zorn der Verzweiflung nehme ich das Pochen, die Schmerzen, kaum wahr.

Gierig nach Freiheit, verrückt vor Sehnsucht lecke ich mein Blut von den Händen und beiße mir die offenen Fingerknöchel wund. Heftig kämpfe ich gegen meine Tränen, die Isolierzelle wäre jetzt praktisch, die Wände waren mit Decken bespannt und Matratzen, so dick, dass ich mich nicht verletzen konnte. Aber ich mag es nicht, eingesperrt zu sein, auch, wenn sie mich nur schützen wollen, gut wäre auch ein Boxsack oder Boxhandschuhe oder –

In meinem Kopf rast ein Orkan, entfesselt sich ein heftiges Gewitter. Furchtbar tobt der Sturm in meinem Herzen!

Sturm im Herzen! Entweder ich konzentriere mich jetzt, entscheide, mich in der Gewalt zu haben, oder ich will Morphium!

Grausamkeit in meinem Blut peitscht durch meine Adern, sie ist schön, doch mächtig und ich kann sie nicht kontrollieren, denn ich bin hilflos, wenn ich Carin so sehe!

Sie leidet!

Vielleicht sind es wieder nur Halluzinationen, der Professor sagt uns, wir müssen sie nicht ernst nehmen.

Das ist unsere innere Freiheit: Die Stimmen im Kopf, Gewitter im Kopf, Donner im Herzen nicht ernst nehmen!

Halluzinationen keinen Raum geben!

Ich will Carin nicht sterben sehen!!

Hart, laut schreie, brülle, kämpfe ich an gegen meine Bilder im Kopf, werfe mich zu Boden, trommele panisch, verrückt, heftig, hysterisch mit meinen Fäusten darauf herum, springe auf, schlage mit dem Kopf gegen die Wand, immer und immer wieder, brülle, klage ich meine Bilder an und befehle ihnen, fort zu gehen!

Ich halte diese Wahnvorstellungen, wie Kinberg meine Visionen nennt, kaum aus, werfe einen Stuhl gegen das Fenster, er knallt heftig hinein, doch ich treffe in meiner Trostlosigkeit nicht richtig.

Das Sitzmöbel prallt von der Kante ab und die Scheibe geht zu Bruch. Die Gitterstäbe vor den Fenstern von außen hätten es sowiso aufgehalten.

Raus komme ich hier nicht.

Nicht auf diese Art!

Schwedische Gardinen!

Ich will Morphium! ***Sofort!!***

Den Anblick meiner Liebsten, die vergeht, ertrage ich nicht, sie schwindet dahin, wie Nebel zerfließt, vor meinen Augen.

Wolken, die sich im warmen Sommerwind auflösen.

Gewitterwolken, die der Sturm fort treibt!

Ich stehe es nicht durch!!

„Halt! Bleib' bei mir! Geh' nicht! Ich liebe Dich!!", brülle ich in mein Zimmer hinein.

Das Fensterglas!
Darauf fällt mein Blick. Es ist zersprungen.
Ich betrachte die Scherben. Soll ich eine nehmen und mich tö-ten? Verlockend reflektieren sie das Lampenlicht von der Zimmerdecke. Winken mir. Funkeln mich an.
Doch wie soll ich dann zu Carin gelangen, meinem Herzen, das lebt?

Die Tür geht auf.
Professor Kinberg steht vor mir mit zwei Helfern.

„Geben Sie mir Morphium!", will ich rufen, doch rasch erfasse ich die Situation, entdecke die Spritze in seiner Hand und weiß genau, was es ist: Ein Betäubungsmittel.
Schnell greife ich zu meinem Stock und reiße ihn auf. Eine blanke, schmale Klinge blitzt auf im Schein der Zimmerlampe. Sofort erfasst mein Körper den physischen und psychischen Zustand der Menschen vor mir. Ich spüre ihre Furcht, kann ih-ren Angstschweiß riechen.

Mit erweitertem Bewusstsein für einen Blick in die Zeit erkenne ich, dass ich mein Ziel erreichen kann, wenn ich jetzt schnell handle.

Mit dem Stock in der Linken schlage ich Herrn Kinberg hart auf seine rechte Hand, in der sich die Spritze befand. Das Injektionsgerät fällt zu Boden. Forsch gehe ich auf die drei Männer zu, hebe meinen Stock, bedrohe den Wärter links von mir, presse ihm mit meiner Linken meinen Stock in seine Kehle. Das Metallende, das sonst den Boden berührt, fügt sich sicher und passgenau in die weiche Grube zwischen seinen Schlüsselbeinen ein.

Zufrieden bemerke ich, wie ich gleichzeitig seinen Willen mit meinem festen Blick auffresse und das Stilett an die Kehle Kinbergs halte, bereit zum Stich. Den anderen Wärter banne ich mit meinen Augen. Er wirkt extrem verunsichert, schaut instinktiv zur Seite und erstarrt zur Salzsäule.

Mit voller Konzentration auf die Wärter gebe ich ein leises aber sehr prägnantes und drohendes „Raus!" auf Schwedisch von mir.

Ich will Kinberg töten, mein Überlebensinstinkt verbietet es sowie meine Sehnsucht nach meiner Frau. Wenn ich ihn ermorde, werde ich nie frei kommen!

Alles geschieht wie in Zeitlupe. Ich lasse meine Waffen fallen, erblicke den offenen Kittel des Professors und die kräftige Gürtelschnalle, die darunter hervorschaut. Der Leiter der Anstalt will etwas sagen, doch ein bohrender Blick von mir genügt, um ihn zu stoppen. Er nimmt meine Absicht wahr, ihn zu eliminieren. Das bringt ihn aus dem Konzept. Eine derart gefasste, konsequente Haltung eines Patienten ist er nicht gewohnt.

Hart zertrete ich plötzlich die Glasröhre der Spritze mit der handlangen, stabilen Nadel daran. Die Flüssigkeit verteilt sich am Boden, während ich den erschrockenen Mann vor mir mit beiden Händen am Gürtel packe und auf den Schrank hebe, der sich in meinem Raum befindet. Das Möbelstück ist nicht an der Wand befestigt. Das macht es instabil. Aus Respekt vor weiteren Spritzen und Nadeln greife ich meinen Stock und das Stilett vom Boden.

Nun ist Aufruhr im Gang. Ich muss aus der Tür meines Zimmern raus sein, bevor sie Verstärkung holen und mich einsperren können. Jeder, der sich mir in den Weg stellen will, wird von mir attackiert. Ich verteidige meinen einzigen Ausweg aus meinem Zimmer wie Leonidas den Thermophylenpass.

Ich selbst war einst Leonidas und weiß, wenn sie mich hier drin, in meiner Kammer, schnappen, bin ich erledigt. In diesem Moment, als ich hier mit meiner Waffe stehe, gleich einem Schwert, erinnere ich mich an alles. Meine Blicke fesseln die Augen der Wärter.

Mit ihren Zwangsmethoden bin ich wohl vertraut. Erst haben sie mich in eine Gummizelle, dann eine Zwangsjacke gesteckt. Später schnallten sie mich fest an einem Gestell, das an den Boden geschraubt war.

Ich werde alles tun, um an mein Morphium zu kommen, damit diese Vision von Carin verschwindet, Carin, die stirbt!

Den Wärtern und Pflegern schlage ich meinen Stock mit einem gezielten Hieb ins Gesicht, dass sie bluten und presse ihnen den Gehstock dann wie eine Waffe in den Hals, halte mir die Männer damit auf Distanz.

Durch meine hohe Sensitivität kann ich ihre Angst spüren, riechen, sie schwitzen sie förmlich aus, ihre Panik und Verwirrung, geradezu tauche ich in meine Gegner ein, werde zu ihnen, wie immer schon, wie damals als Achill, Sohn des Peleus, als ich in jeder Kampfsituation zwischen mir und meinen Gegnern eine Art Spannungsfeld bildete, geschaffen von meinen hoch aktiven Sinnen, alles lief langsam ab, wie im Traum, in Trance, meine Konzentration war so hoch, mit meiner Energie setzte ich die Luft zwischen uns in Flammen, atmete ihren Atem, hörte aus ihren Ohren, dachte ihre Gedanken, spürte den sauren Geschmack auf ihrer Zunge, schwitzte ihre Panik aus, die sie durchfuhr in dem Moment, wenn ich sie attackierte, der Augenblick des Todes, dem sie entfliehen wollten und der für mich nur eine Brücke war, ein leichtes Spiel.

Zu der Zeit, als ich Achill war, wurde bald mein Name Ramses, davor oder danach, ich weiß es nicht mehr, dann ward ich ein jüdisches Kind, ein Mädchen, Deborah der Name, dann David, der den Philister tötete, mit der Steinschleuder, eine meiner leichtesten Übungen damals, weiß nicht, ob ich das heut' noch könnte, dann ward ich eine indische Tempeldirne, dann Nachiketa, der den Gott des Todes um Hilfe bat, mir sein Geheimnis preiszugeben, daraufhin ward ich eine junge chinesische Hofdame, dann König des Reiches Jao, anschließend ein indischer junger Prinz namens Siddharta, oder war das vorher?

Bald wurde ich ein griechisches Mädchen, dann Leonidas, der kämpfte hart und treu am Thermophylenpass, bald Alexander, Sohn des Philipp und als die Schwestern herbei eilen, drohe ich ihnen mit meinem Stilett und befehle knapp mit harter Stimme:

„Machen Sie Platz!" auf Schwedisch.

Die jungen Frauen zögern damit, sich mir zu widersetzen, bekommen Angst, ich erkenne die Furcht in ihren Blicken, empfinde sie, als sei ich selbst diese Mädchen, und aus dieser Position heraus begreife ich, dass ich sie nur einmal böse, drohend anschauen muss und sie weichen mir aus.

Schnell, zielsicher bewege ich mich durch den Flur zum Labor, wo der Medizinschrank ist. Darin ist das Morphium.

Eben noch hatte ich mir meine Lederhandschuhe angezogen, sie sitzen stramm, sicher wie eine zweite Haut. Haut hat mehrere Schichten, habe ich hier gelernt. Nur deshalb bin ich in der Lage, mir selbst Injektionen richtig zu verabreichen.

Ich weiß, was ich will und kenne mich hier aus. Der Schrank ist verschlossen, Kinberg lässt den Schlüssel immer im Labor, ich muss das Möbel aufbrechen, will mich auf keine Spielchen mit den Schwestern einlassen, die den Schlüssel vor mir verstecken. Ich riskiere kein „blöde – eh, blinde Kuh" mit ihnen.

Nun bin ich vor der Tür des Labors. Drinnen sehe ich vier Krankenschwestern in ihrer weißen Dienstkleidung, kenne sie alle gut, nicht nur mit Namen, ich habe sie studiert, wie sie mich studiert haben, nur besser, effektiver und exakter, intimer, ohne, dass sie es bemerkten, war ein lautloses, hungriges Monster, gierig nach Erkenntnis und Informationen.

Mit meiner feinen, präzisen Wahrnehmung drang ich in ihre Gedanken ein, kroch in ihre Seelen, ging ihnen unter die Haut, atmete ihren Atem, schlug ihren Herzschlag.

Ich spürte ihre Erregung, wenn sie Macht über mich oder Angst und Abscheu vor mir empfanden, feierte ihre kleinen Siege und litt ihren privaten Kummer mit ihnen, was es genau war, wusste ich im Einzelnen nicht, aber ich übte mich in Mitgefühl an jedem hier, so gut ich konnte und nutzte meine Erkenntnisse nur zu einem Zweck: Um sie unter Kontrolle zu haben, wenn es darauf ankommt.

Jetzt kommt es darauf an! Mein Blick dringt durch die Glasscheibe, durch ihre Pupillen bis in ihre verborgensten Gedanken, Ängste und Sehnsüchte. Sie haben sich aus lauter Panik vor meinem Eindringen im Labor eingeschlossen. Die Tür dieses Räumchens ist aus Glas, das mit einem Drahtgitter durchwirkt ist, eingefasst von einem Holzrahmen. Heftig trete ich davor, es kommt gefährlich ins Schwingen. Gefährlich für die da drin, nicht für mich.

„Aufmachen!", befehle ich auf Schwedisch in hartem, rücksichtslosen Ton. Sie reißen angstvoll die Augen auf, blicken zu mir rüber, schütteln standhaft den Kopf.

Noch einen Tritt vor den Türgriff, einem Drehknauf mit Riegelfunktion. Mein ganzes Körpergewicht, einen gezielten Hüftschwung lege ich in diesen Tritt. Man macht einen Tritt nicht einfach mit dem Fuß, sondern mit dem ganzen Körper und holt die Kraft dazu aus dem Boden.

Die Glasscheibe der Türe reißt, aber zerbricht nicht in Stücke. Das Labor der Anstalt ist ein Raum, der vom Flur nur durch eine Konstruktion aus Holz, Metall und Glas abgetrennt ist. Alles leichte Bauweise.

Die Holzwand verzieht sich innerlich, als ich noch einmal mit Wucht dagegen stampfe und dann das Schloss mit einem gekonnten Schwung meiner rechten Hüftseite aufbreche. In diesem Moment kenne ich keinen Schmerz, nur mein Ziel: Morphium!

Ich ignoriere das Treiben der Menschen in dem kleinen Laboratorium, als wären sie nicht existent. Wie von selbst gleitet mein Stilett zurück in den Stock, den ich mit Links packe. Mit meinen Händen, sicher in den Handschuhen, schiebe ich Wand- und Türteile zur Seite, Holz, Glas und Metall können mich nicht aufhalten.

Scherben fallen zu Boden, Bretter gehen zu Bruch, ich achte darauf, mich nicht zu verletzen. Hoch konzentriert spüre ich die Panik der vier Frauen vor mir.

Sie kennen mich nun einige Zeit aber so in Rage, gewaltsam und dennoch gefasst haben sie mich bisher nicht erlebt.

Die Krankenschwester mir gegenüber schubse ich gegen die Wand, die anderen weichen aus, schnell atmend.

Meine Lunge hebt sich kaum, ich bin vollkommen ruhig. Praktiziere flache Bauchatmung. Aus dem Alltag hier weiß ich genau, wo die Medikamente stehen, die ich brauche.

Zwei harte Tritte und der etwa mannshohe schmale Holzschrank mit Glastüre löst sich von den anderen Schränken, die daneben stehen.

Einige sterile Tupfer, ein Couvert, welches das Siegel der Einrichtung trägt, stecke ich mit dem Versuch, es nicht zu knicken, in mein Hemd.

Natürlich sehe ich rasch, dass keine Splitter daran sind.

Noch neu verpackte Spritzen und Zubehör zur Selbstmedikation greife ich mir dazu, packe sie von oben durch den Halsausschnitt in mein Unterhemd, das steckt ja in meiner hellen Bundfaltenhose und eignet sich mit dem beigefarbenen Oberhemd und der sandfarbenen Strickweste darüber gut als Beutel.

Als die vergitterte Glasscheibe des Medizinschranks von meinen wiederholten Hieben meines Stockes nicht zerspringen will, bekomme ich sie eben anders auf.

Mit drei gezielten Schlägen meiner behandschuhten Hände breche ich das lange, zierliche Scharnier der hohen Türe des Medizinschranks mal mit Fäusten, mal mit den Handballen aus der Befestigung und zerlege so das Schloss des Schränkchens, indem ich seine Türe demontiere.

Wie die Herzklappe eines Hochleistungssportlers aufspringt, um mehr Blut einzulassen, löst sich mit einem Knall die Möbelfront, öffnet sich, um *mich* einzulassen.

Die mit feinem Holzrahmen eingefasste und mit Eisendraht durchwirkte Glasscheibe des Spindes reiße ich aus dem Rest ihrer Verankerung, wobei einige kleine Nägel zu Boden fallen.

Manche der Schwestern schreien herum, eine will nach meinem Stock greifen, doch mein drohender, durchdringender Blick genügt, um sie zu stoppen.

Sicher klemmt mein Gehstock unter meinem linken Arm und in meiner vollkommenen Kampfbereitschaft kann ich den beißenden Geruch meines eigenen aggressiven Schweißes riechen.

Die Abläufe hier im Haus habe ich genau beobachtet und weiß, wo alles steht.

Wie selbstverständlich packe ich mir den kompletten Vorrat an Morphium, stecke mir die Rationen ins Hemd und habe so meine Hände frei, um mich in mein Zimmer zurück zu kämpfen.

Mit meinem gezogenen Stilett stellt sich mir niemand mehr in den Weg!

Durch meine Adern rauscht meine Kraft, mein flüssiges Feuer.

Ich bin in meinem Element und damit in meinem inneren Frieden.

In meinem Raum erwarte ich Professor Kinberg.

Und richtig. Er sitzt immer noch auf dem Schrank wie eine sture Henne beim Brüten. Im Grunde bin ich froh, dass er da ist, denn so kann er seine Leute nicht herum kommandieren.

Er besitzt mindestens so viel Stolz wie ich und scheint beruhigt zu sein, dass ich die Aufmerksamkeit seiner Mitarbeiter komplett auf mich gezogen habe, während er dort oben hockt.

Als ich kurz im Labor wütete, waren alle so aufgeregt, dass niemand nach ihm gefragt hat. Geschweige denn sich über seinen Verbleib Gedanken gemacht hat.

Zurück in meinem Zimmer ziehe ich die Tür zu, im Laboratorium herrscht für kurze Zeit Chaos, die Pfleger sehen nach den Schwestern.

Jetzt erst spüre ich meine innere Starre, Kampfbereitschaft.

Ich bemerke meinen Tunnelblick, öffne und schließe schnell meine Hände, um mein Blut richtig in Schwung zu kriegen, ich bin zentralisiert und will meine Beine, Füße, Arme, Kopf und Hände durchbluten, atme tief durch, um locker zu werden.

Beim Anblick des Professors entfährt mir ein brutales Grinsen.

Ich spüre meine Macht.

Ich weiß, dass der Mann auf dem Schrank nicht den Hüftschwung drauf hat, der nötig ist, um von dem Möbelstück herunter zu kommen, ohne, dass es umfällt. Er selbst hat das auch gespürt, hat daher Angst bekommen und sich nicht bewegt.

Einige Male atme ich wieder kräftig durch. Mir wird klar, dass ich Glück gehabt habe, dass der Professor meinen Raubzug nicht gestoppt hat.

Zum Schrank gewendet werfe ich meinen Stock vor mich auf den Boden und stelle meinen Fuß darauf. Konzentriert schaffe ich ein freundliches:

„Gut, dass Sie hier gewartet haben," und blicke fest in Kinbergs panikstarre Augen.

Mein Puls ist hoch, ich versuche meiner Stimme einen ruhigen Klang zu geben, während ich Herrn Kinberg von seinem Aussichtsturm hebe, meinem Wandschrank in meinem Patientenzimmer in der geschlossenen Abteilung der Heilanstalt Långbro, „Irrenanstalt" für gefährlich Kranke hier in Schweden.

Heute ist Mittwoch, der 7. Oktober 1925.

Mein Name ist Hermann Wilhelm Maier, ich bin 32 Jahre alt und ich bin bei klarem Bewusstsein.

Ein Pfleger will herein kommen.

Mit meinen hoch geschärften, geöffneten über einhundert Chakren spüre ich seine Gegenwart, bevor er mein Zimmer betreten kann.

Er will eintreten, schafft es, die Türe einen Spalt weit zu öffnen.

Ich stelle mich ihm in den Weg. Schnell meine Waffe aufheben, eine Bewegung mit meinem Stilett zum Hals des Professors und der junge Mann verlässt den Raum. Hinter ihm sind noch weiteres Personal sowie die Schwestern.

„Alle raus!", befehle ich auf Schwedisch in eindrücklichem Ton und die Belegschaft gehorcht mir.

Ich verbarrikadiere sofort die Türe, während sich die draußen mit hektischen Stimmen beraten.

Ein heftiger, gewaltsamer Tritt gegen das Bett bricht die Verankerung, mit der es an der Wand festgeschraubt ist, aus dem Gestein.

Während ich meine Liege vor die Türe schiebe, bröckelt der Putz von der Mauer.

Ein feiner Duft von feuchtem Kalk verteilt sich im Raum und steigt mir in die Nase. Schnell verschiebe ich die leichten Möbel meiner Kammer so, dass von der Fensterseite, die der Tür gegenüber liegt, der Tisch noch davor kommt. Erfolgreich verdränge ich den Schmerz meines Fußes von dem Tritt.

Durch einen festen Griff um den Gürtel und den Hosenbund an seiner Hüfte habe ich Herrn Kinberg in einem Schwung von dem leichten Möbelstück gehoben. Nun steht er vor mir. Mein Schweigen, mein Blick gebieten ihm Ruhe und Stille.

Den Schrank kippe ich auf den Boden und mit dem Bett von der Tür aus dazwischen geklemmt, gibt es nun keine Chance, die Tür von außen zu öffnen. Sie geht nach innen auf. Schlecht konzipiert aus der Sicht des Psychiatriepersonals.

Mit einem entschlossenen Blick und einer Geste meiner Hand bedeute ich Kinberg, auf meinem Bett Platz zu nehmen.

Meine Situation hat sich geändert. Nun habe ich eine Geisel und erkenne, dass ich jetzt schnell handeln muss, bevor sie wieder Hilfe von draußen holen, wie in Aspuddens die Polizei und den Bürgermeister – das war eine Geschichte, wie aus einem Bilderbuch, die muss ich später mal erzählen – die Feuerwehr oder weiteres Krankenhauspersonal.

Eben noch hab' ich mit Carin telefoniert.

Mit meinem ganzen Herzen wünsche ich mir, dass sie her kommt! Jetzt sehe ich wieder Carin, meine Vision meiner sterbenden Gattin will ich ersetzen durch die echte Carin, die ich schon bald wieder im Arm halte!!

Wahrscheinlich werden sie mich sonst wieder am Boden festschnallen und in die Gummizelle packen, wenn ich Glück hab', denn ihre Chemie, die Pharmazie, gibt ihnen noch ganz andere Möglichkeiten, wenn sie mich mit einer Nadel erwischen und es schaffen, mich zu betäuben.

Ehrlich gesagt, davor habe ich Angst, denn es würde meinen Willen außer Gefecht setzen und ich wäre dann nicht mehr Herr meiner Selbst.

Mein Wille, mein klarer Verstand, mein Bewusstsein sind alles, was mir in dieser Anstalt bleibt, sie sind überhaupt alles, was bleibt, es ist alles, was ich habe.

Mein Bewusstsein ist alles, was ich wirklich besitze!

Unser Bewusstsein ist alles, was wir wirklich besitzen!

Nachdem ich mich kurz beruhigt habe, lege ich mir meine frisch erbeuteten Tupfer, die Flaschen mit Morphium, ein Band aus Synthesekautschuk zum Abbinden und das Injektionsbesteck auf ein frisch gewaschenes und gemangeltes Taschentuch neben mir aufs Bett, krempele meinen linken Pullover- und meinen Hemdsärmel hoch und verabreiche mir selbst eine sehr hohe Dosis Morphium.

Das sediert mich nicht vollständig. Es lähmt meinen Antrieb nicht. Die Wahnvorstellung der Carin, die vergeht, will ich ersetzen durch die echte Carin, die ich schon bald wieder im Arm halte!

Habe ich das nicht eben schon erzählt? Mit all meinem Willen zwinge ich mich zu Disziplin, Ruhe und Konzentration. Ich muss mich konzentrieren!

Konzentrieren!

Mir wird schwarz vor Augen und mein Bewusstsein droht mir zu entweichen. Schwitzen. Schwindel. Flaues Gefühl in der Magengegend, flacher Atem.

Ruhig, entkräftet, erschöpft auf der Bettkante sitzend kontrolliere ich mit den letzten Fetzen meines eisernen Willens mein Gleichgewicht, indem ich mich mit beiden Händen auf dem Bettrand abstütze.

Mir ist sehr schummerig, mein Blick entgleitet mir, wird trübe, kann nichts fokussiern und ich erinnere mich an einen heftigen

Streit, den ich mit meinem Vater hatte. Da haben wir noch im Schloss gewohnt. Es ist wie ein Palast und in meiner vagen Erinnerung stürme ich nach einem harten Wortgefecht, einem mächtigen, lautstarken Redeschwall meines Vaters und einer gekonterten knappen Absage meinerseits wutentbrannt aus dem prächtigen Gebäude.

Es ist warm draußen. Angenehm.

Seltsamerweise habe ich einen jugendlichen Körper, schmale Arme, kaum behaart, bin eher dunkelhäutig, orientalisch.

Das einzige, was ich am Leib trage, ist ein orangerotes Tuch mit Goldstickborte, welches ich lose um meine Hüfte gebunden und über eine Schulter geworfen habe.

Meine Haare sind dunkelbraun, leicht gelockt und zu einer Art Dutt oben auf dem Kopf zusammen gebunden.

Mit gerunzelter Stirn, geballten Fäusten, zornig, traurig, dass mein Vater mich nicht versteht und Mutter nur wortlos neben ihm steht und nichts sagt, verlasse ich verzweifelt und schockiert von der Erkenntnis der Vergänglichkeit eines Lebens, das doch nie vergeht, das Haus und laufe in den Hof, wo mein Diener mit Nadi, meiner blau gezäumten und prächtig geschmückten Elefantendame auf mich wartet.

Ich sage immer, Nadi ist meine Großmutter gewesen. Sie ist weise und wir verstehen uns durch die tiefen Herztöne, die tiefen Schwingungen unseres Herzens, aber auch die hohen und die mittleren.

Wir singen Lieder in unseren Herzen. Wir kommunizieren in unseren Herzen in einer Sprache, die niemand hört, und niemand sonst versteht.

Nadi war die Anführerin ihres Rudels und als sie durch eine jüngere Elefantendame abgelöst wurde, wollte sie mir dienen.

Ich falte meine Hände, indem ich meine Handinnenflächen aufrecht vor meinem Herzchakra aufeinander lege, blicke Nadi in ihre geheimnisvollen Augen.

So verneige ich mich vor ihr, wobei ich kurz meinen Blick vor ihr senke zum Zeichen meines Vertrauens.

Nadi schließt einen Moment ihre Augen, blickt mich anschließend entschlossen an, wirft ihren Kopf leicht in den Nacken, zum Zeichen, dass ich aufsitzen darf.

Nimm nur, was Dir wirklich von Herzen gegeben wird!

Hat Nadi mich gelehrt!

Yaguni, mein Diener, hilft mir, auf Nadis hohen, rauen, spärlich behaarten und feinfühligen Rücken zu gelangen.

Ich bedanke mich mit einem Lächeln und Nicken zu Yaguni, dem hageren, freundlichen, alten Mann und lasse mich von Nadi hin tragen, wo sie will.

Ich spüre, sie will mir etwas zeigen und überlasse ihr die Führung. Auch Elefanten haben Chakren und subtile Energien, die mächtig sind, wenn man sie einmal begreift und so verständigen wir uns mittels dieser feinstofflichen Ströme und Strömungen, die wir zwischen uns hin uns her fließen lassen, ohne Worte.

Mein Zorn wandelt sich in Trauer über den Zornesausbruch meines Vaters weil ich, auf Nadis Rücken sitzend, direkt mit ihrem für die meisten Menschen unsichtbaren Energiefeld verbunden bin und erfasse, dass sie mir mitteilt, dass ich die Worte und Handlungen, die Absichten meines Vaters aus *seiner* Sicht verstehen soll.

Ich soll mich nach dem Grund *meines* Zornes fragen, gebietet die weise Nadi mir. Ich teile stumm meiner Freundin mit, dass ich selbst wütend über meinen Vater bin, weil er kein Sati hat.

Sati bedeutet Achtsamkeit.

Aber wenn ich wütend auf Vater bin, habe ich selbst dann *auch* kein Sati.

Mutter Maya, meine Mutter, Vaters Hauptfrau, nennen wir unter uns einfach „Ma". Sie sagt, ich soll gütig sein. Gütig zu Vater, den sie schlicht „Shu" nennt, wenn sie ihn liebkost, aber auch sonst ab und zu im Alltagsleben, im Palast, im Garten oder im öffentlichen Raum im persönlichen Gespräch. Ihm behagt dies nicht immer, nicht in der Öffentlichkeit.

Ma sagt, ich soll gütig sein und Maha Karuna haben, große Barmherzigkeit, Vater gegenüber. Allen Menschen und Wesen gegenüber, die fühlen.

Aber Vater gegenüber besonders. Das fällt mir nicht immer leicht, auch nicht Mutter gegenüber, weil sie mich viel zurecht weist, wie ein Aufseher, einer unserer strategischen Führer, einer meiner Diener, der mich in militärischen Dingen und den Kampfkünsten unterweist.

Sie ist meine Mutter, sie ist nicht der oberste General meines Vaters. Dennoch spricht sie so, in herablassendem Ton, lieblos und das steht ihr nicht zu. Sie ist eine Frau und weiß nichts vom Kampfe Mann gegen Mann, der erhitzten geballten Kraft, die aufeinander donnert und jedes Hindernis zerschmettert, wie wild gewordene, brünstige Elefanten.

Sie liebt mich aus Eitelkeit, Stolz. Ich bin der Prinz, der ihr die Legitimation gibt, erste Dame des Hauses zu sein.

Herrin.

Herrscherin.

Das ist es, was sie *will*.

Was sie mir geben *soll*, ist Liebe.

Sie liebt mich aus Pflichtgefühl heraus. Dies verletzt mich tief in meinem Herzen, weil ich spüre, dass dort in ihrem Herzen keine Liebe für mich ist.

Das macht mich weinen und ich begreife:

Das Leben ist Leiden!

Ich habe erkannt: Meine Schwester Bodhgaya, der jüngere Bruder meines Vaters, Viddhuyama und ihre Freundin Ariya, sie alle sind im Besitz eines Schlüssels zum Herzen meiner Mutter.

Ich besitze dieses kostbare Kleinod nicht.

Und in allem, was ich bisher gelernt habe, weiß ich, dass ich nur glücklich werden kann, wenn ich nur das nehme, was mir von Herzen gegeben wird.

Wenn meine Mutter mir den Schlüssel zu ihrem Herzen, ihre totale, vollkommene Herzensliebe, ein Herz, das hoch steigt, wenn es meinen Namen hört, wenn sie mir *dies* nicht freiwillig zu geben vermag, muss ich, sollte ich das respektieren.

Alles andere, die Gewalt, Herrschaft, Kraft meines Willens vermögen mir nicht zu bescheren, was sie nicht bereitwillig, aus leichtem und fröhlichem Herzen mir darzureichen in der Lage ist.

Das muss ich begreifen und akzeptieren, wenn ich glücklich sein will.

Das ist schwer.

Und dann sagt Mutter, ich soll mit gutem Beispiel voran gehen.

Tja.

Mein Vater, Shuddhodana, ist der Fürst der Shakya-Familie.

Er ist sehr aufbrausend. Und verschlossen.

Schweigen muss ich, um in sein Herz zu blicken.

Nur auf diesem Wege kann ich ihn verstehen, vermag mich ihm zu nähern.

Nicht durch Worte.

Durch Stille allein kann ich ihn erreichen. Er ist wie ein verstörter Elefant. Er war einst ein mächtiger Kriegselefant. Sicher. Ich fühle es mit meinem Herzen.

Und ich, ich beherrsche oft meine Stille nicht, verliere mich in Worten. Darin verheddern wir uns. Taktische, strategische, diplomatische Gespräche kann Vater führen. Worte an das Volk, an die Minister, an das Heer vermag er zu richten doch keine Silbe des Herzens, des liebevollen und fröhlichen Herzens an seinen Sohn, an mich, seinen Prinzen, Siddharta.

Zu viele Hoffnungen hat er an mich. Und Erwartungen.

Ich bin erzürnt über sein Wesen und finde es gemein. Mit fünfzehn Jahren habe ich ein Recht, als volles Mitglied der Familie betrachtet zu werden, auch, wenn ich noch nicht bereit bin, Regierungsgeschäfte zu übernehmen.

Vater ärgert dies. Es macht ihn nervös.

Er ist nicht mehr der Jüngste und fürchtet um die heilvolle Übergabe seiner eigenen Herrschaft in die Hände eines würdigen Nachfolgers.

Dieser bin ich. Aus Vaters Sicht.

Aber diese Vorstellung engt mich ein, schnürt meine Kehle zu und da ist noch etwas Anderes zu entdecken, da ist noch so viel zu entdecken in einer Welt, von der ich kaum etwas kenne außer mein eigenes Leben.

Und unseren herrlichen Palast. Meine Gespielen. Unsere Familie. Ma. Bodhi und ihre Freundinnen. Meine Geschwister, die Kinder der Nebenfrauen. Und natürlich Vater.

Auch wenn er das Oberhaupt des Stammes ist, muss er mich dann für jeden Pfurz anbrüllen?

Mutter lässt sich von ihm herum kommandieren.

Und ich soll „artig" sein? Edel! Ariya!

Ich soll ihm gegenüber respektvoll und freundlich sein!

Ihm gegenüber soll ich mich richtig verhalten und angemessen sprechen.

„Samma kammanta! Samma vacca!", mahnt mich Mutter leise, wenn ich im Wortgefecht zurück brülle und ihm laut rufend hinterher renne, während er voraus stapft und mit aufgebrachten Schritten vor mir in den Palastgarten flieht!

Pha! Was denken die Erwachsenen sich eigentlich?

Sie sollen doch meine Vorbilder sein, erkenne ich bald und grinse bei meinem genialen Einfall böse. Er gibt mir das Recht, diese meine Erkenntnis, dass ich mir von den Erwachsenen ein

Vorbild nehmen darf, gibt mir das Recht, ihnen alles, was sie mir antun, einfach nachzumachen!

„Haha!", rufe ich von Nadis Rücken aus, noch einmal zum Palast gewandt!

„Was du kannst, kann ich auch! Ich kann auch weg laufen! Verkriech dich ruhig vor deiner Verantwortung vor mir!
Du wirst mir Rede und Antwort stehen, wenn ich dich etwas frage! Und wenn meine Frage lautet, warum du mir gegenüber laut bist, brüllst, wenn ich dir nichts getan habe, wirst du mir antworten!
Ich habe Zeit!"
Empört spüre ich den Zorn in meinen Adern, in meinen Augen aufwallen, fühle Funken sprühen aus den Spiegeln meiner Seele.
Mein heißes Blut sprengt meine Furcht, mein erhitztes Gemüt bricht allen Widerstand alter Verhaltensnormen und Gehorsamsvorschriften.

Zügellos zerstört mein machtvoller Wille alte und noch ältere in ehernen Stein gemeißelte Gebote!
Was einst heilig war, das flieht vor mir.
Was dereinst mächtig war, neigt sich vor mir.

Was herrschte, hält vor meiner Gewalt inne und wird stille.

Ein feines, helles Glöckchen kündet meine Herrschaft.

Ein leiser Ton, kaum hörbar erst, schwillt langsam an, umwindet sanft wie ein Rinnsal alte Tontafeln von Tugendlehren, gestaltet sich zum Fluss, zum mächtigen Strom, der herrlich und gewaltig helles Heil hier in die Welt hinein wirkt.

Er durchwirkt alle Berge, Täler, benetzt die Ebenen mit Glück, stärkt die Bewusstseine mit mildem Tau, tränkt lieblich, still trockene Kehlen, dürstende Herzen, einsame Gemüter und bringt Frieden, den Frieden, den alle Welt sich herbei sehnt!

Es ist wahr.

In Wahrheit bin ich nicht erloschen und hinübergegangen.

Beständig bin ich hier und predige das Gesetz!

Hochmütig und etwas ruppig wende ich Nadi am Zügel in Richtung Haupttor, wo der Weg in den hellen lichten Wald führt, in dem ich Klarheit, Erkenntnis und Frieden finden will, nach dem sich mein Herz sehnt.

Die Palastwache kommt herbeigestürzt und will uns den Weg versperren.

„Was soll das? Lasst mich durch, ich bin Siddharta!" fahre ich sie an.

„Verzeiht, junger Herr, Ihr habt so laut gerufen, da dachten wir, Ihr seid ein Angreifer!"

Ich schüttele den Kopf, verziehe mein Gesicht zu einem verächtlichen Grinsen.

„Ist schon gut. Beruhigt Euch. Ich will nur in den Wald reiten," gebe ich gelassen zurück. Die Leute senken Häupter und Lanzen und lassen Nadi und mich passieren.

Gemächlich, schweigend reiten wir tief in den Wald.

Hier ist es schön und das grünlich gelbe Licht im Laub der Bäume beruhigt mich.

An einer gewissen Stelle bei einem stark verwurzelten Baum, der also eine rechte Wurzelplatte gebildet hat, streichele ich Nadis Schulter.

Sie bleibt stehen, bevor meine Hand ihren einfühlsamen Körper berührt hat.

Es ist die Herzsprache.

Ich steige ab und lasse mich auf der dicken Wurzel nieder.

„Entschuldige, dass ich eben so heftig war", sage ich ihr mit meinem Herzen und sie antwortet mir mit einem warmen, starken Strom voller Güte und vollkommenem Verstehen.

Erschöpft falle ich in einen leichten Schlaf. Eben eingenickt aber immer noch aufrecht an den Baumstamm gelehnt, erkenne ich plötzlich, dass ich denselben Vater schon mal in einem Leben unter anderem Namen hatte.

Da war sein Name nicht Shuddhodana, sondern Vayashravasa Gautama. Mein Name war Nachiketa.

Eigentlich, erkenne ich jetzt, kann ich heuer froh sein, denn in meinem Leben als Nachiketa wollte mein Vater mich opfern mit all seinen irdischen Kleinodien, damit er in der jenseitigen Welt Ansehen erlange.

Auch zu jener Zeit tat Mutter nichts, weder widersprach sie Vater, noch setzte sie sich sonst irgendwie für mich ein.

Es war mir, als erlebte ich alle meine früheren Leben. Meine gesamte Existenz vollzog ich rückwärts bis zu dem Punkt, an dem ich Eins mit allen Seelensplittern war.

Ich lebte als der Junge Nachiketa, der getrieben war vom Zorn gegen seinen Vater, dem Unwillen gegenüber seiner Mutter, Arroganz gegenüber der Welt und getragen von der Suche, der Sucht nach und der Besessenheit von Erkenntnis, nach dem Tod und dem Morgen nach einer langen wachen Nacht im Wald im Dunklen beim Fluss bei den Lichtern.

Kleine Flammen brannten in Schälchen, Öllämpchen aus Ton, wo wir zusammen saßen und sprachen am Fluss in der Nacht, als die Sterne durch den Wald leuchteten und der warme Wind fein flüsternd, geheimnisvoll rauschend die Zweige bewegte.

Meine Begegnung mit meinem wahren Vater, Yama, dem Gott des Todes, war eine magische Zeit.

Ich wurde sein Helfer, ließ mich von ihm führen, einweihen in sein verborgenes Wissen, diente ihm, wurde zum begnadeten Krieger. Erst Krieger in Waffen, dann Krieger der Wahrheit.

Einmal war mein Name Gilgamesch, da lebte ich noch nicht in Indien. Dann ward ich einst Schüler eines Mannes namens Zarathustra.

Immer wieder vergaß ich meine Leben. Zarathustra lehrte uns die Regeln eines guten Lebens:

Denke gut.

Sprich gut.

Handle gut.

Ich füge hinzu: Sei mutig!

Und so kämpfte ich wieder für die Wahrheit, setzte mich mutig für sie ein, als ich als ein Junge geboren wurde, der seinem Bruder mit einem Trick das Recht des Erstgeborenen stahl.

Ja ja, solche Sachen mache ich.

Vieles warf ich durcheinander, machte Fehler und musste oft in jedem neuen Leben mit der Erkenntnis ganz von vorn beginnen.

Einmal ließ ich meiner Frau einen kühlen Garten bauen in der Hitze meiner Stadt Ninive.

Da stritt ich mich mal wieder mit meinem Vater – wie sollte es anders sein – doch der hieß nicht Gautama, er hieß Sargon und mein Name lautete Sinachcheriba.

In dem Moment, als ich mich im Halbschlaf wie in Trance, in tiefer Versenkung daran erinnere, begreife ich, dass ich in all meinen Leben die gleichen – nein, sogar die selben Eltern hatte!

Immer war Vater laut und stur mir gegenüber. Manchmal still, stumm, leise auch, je nach Laune oder Gestimmtheit. Man ist ja nicht immer gleich. Als ungerecht und unachtsam empfand ich ihn, als ein Mensch, der von mir abgewandt war, um dessen Gunst ich ringen, streiten, kämpfen musste, egal, ob er nun still oder stürmisch war.

Mutter war immer sanft und hielt zu Vater. Oder zu ihrem Liebhaber wie bei Senmut, als ihr Name Hatschepsut war. Oder Fanny. Aber da hieß ihr Liebhaber nicht Senmut, sondern Hermann.

Auch um ihre Gunst kämpfte ich stets heiß, erbittert, heftig, veräußerte mein Wesen bis zum Letzten und ging sogar so weit, wie ich mich heute zu erinnern glaube, dass ich sie zum Sex zwang, zum Sex mit mir, ihrem eigenen Sohn, Nero, der, verloren in einer Welt voller Lügen, Missgunst, Neid, hinter schönen Händen verhohlenem Hohn und Hass, voller Verzweiflung sein

Schicksal provozierte, sein himmlisches Los bis zum Äußersten trieb, um endlich eine einzige Stimme der Wahrheit zu hören und wenn sie noch so leise war und dann, als sich endlich ein Mensch gefunden hatte, der mir Paroli bot und die Wahrheit sich zu sagen getraute, diesen hinrichten ließ, den mutigen Seneca, von dem ich heute viele Bücher lese, seine Weißheit begierig aufsauge, verschlinge, gar danach lechze, allein gelassen im trostlosen Nirvana, einem Land ohne Grenzen und scharfe Konturen. Doch bei aller Liebespraxis: Echte Herzensliebe fand auch Nero nicht bei seiner Mutter.

Wenigstens mein Onkel Hermann war in der Lage, eine tragfähige Beziehung zu mir herzustellen, er benötigte kein Kind, um zu glänzen, er glänzte selbst gewaltig genug, um auch zu mir zu halten, wenn ich keinen Ruhm einbrachte.

In Wahrheit ist er nicht mein leiblicher Onkel.

Aber er ist mein Freund.

Das zählt stärker!

Mit mir konnte man sich nicht immer schmücken aber Mutter war stets so eine von der Sorte Menschen, welche dir nur treu sein wollen, wenn es Lob abwirft.

Meinen Eltern konnte ich meine Gedanken nicht vermitteln.

Meist nicht. Eine gute Ausnahme war Pippin, mein Vater, welcher mir sein fränkisches Erbe vermachte. Das war gut. Danke, Vater!

Ansonsten fand ich niemals einen Ausweg aus diesem Hamsterrad der Verdammnis, bis ich bewusst den Tod als Ausweg begrüßte, als Ausweg aus der Sackgasse getrost gewagter Fehlschläge und fauliger Siege, Siege über Irdenes, das bald verblasst.
Wofür dann siegen?

Alles Leid, alles Leben vergeht, unbeständig ist die Welt, substanzlos und leidvoll und ich bin es mit ihr, besonders an meiner eigenen Existenz erlebe ich immer wieder diese gleichen Daseinsmerkmale. Anatta, Anicca und Dukkha nannte ich sie damals auf Pali.
Sie sind das Einzige, was mich in jedem Leben treu begleitet, was bleibt, auch wenn Namen, Körper, Güter wechseln.

Das Ende aller Dinge ist das Einzig Beständige.

So erkenne ich denn, dass der Tod kein Ausweg ist, er ist nur Übergang von einem Körper in den Nächsten.

Das Fleisch stirbt allein, doch das Bewusstsein bleibt. Endlich lerne ich, dem irdischen Dasein von Protz, Pomp und Reichtum zu entsagen und vergebe Vater und Mutter.

Genau genommen bin ich ihnen dankbar, weil ich letztlich erkenne, dass sie mich mit ihrer unachtsamen, verantwortungslosen Art, die ich an ihnen wahrnehme, auf den Weg der Eigenverantwortung und Achtsamkeit getrieben haben!

Fünf Sätze fallen mir ein zur fehlenden Liebe meiner Mutter in all meinen Leben:

1. In einer gesunden Mutter-Kind-Beziehung nimmt der Säugling mit der Muttermilch und dem Gespür für die bedingungslose Liebe seiner Mutter die Liebe auf.
   Dazu die Gaben von Abwehrkraft, Gesundheit und innerer Stärke in Form einer bedingungslosen Liebe, welche als Spiegel seiner Eigenliebe den Keim all dessen birgt, was den gesunden Menschen sicher und unbeirrt durchs Leben trägt.
2. Die Muttermilch und die Liebe der Mutter ist einerseits Gabe des Leibes, andererseits Symbol bedingungsloser

Liebe, Schutz des kleinen Wesens als ganzheitlichem Menschen.

3. Bedingungslose Liebe kann der kleine Mensch als natürliche Gabe sich selbst gegenüber entwickeln schon im Kleinkindalter. Der kleine Mensch spiegelt das Gefühl der bedingungslosen Mutterliebe und überträgt diese absolute Gewissheit unendlicher, immerwährender Geborgenheit und Beschütztheit auf sich selbst.

4. Der kleine Mensch lernt aus dem gespiegelten Gefühl der bedingungslosen Liebe seiner Mutter, sich selbst gegenüber bedingungslos zu lieben und indem er manchen Schwierigkeiten, Ungereimtheiten und Hürden in seinem eigenen Leben begegnet, aber nun die Kraft der bedingungslosen Liebe besitzt, kann er alle Schwierigkeiten meistern, Ungereimtheiten auflösen, Hürden überwinden.

5. Aufgrund seiner Siegeserfahrungen als Kind, welche der Mensch mit Hilfe seiner eigenen unbewussten bedingungslosen Liebe zu sich selbst erlebt hat, kann er nun bewusst beginnen, sich selbst so wie er ist, bedingungslos zu lieben.

Wer diese Gabe nicht von seinen Eltern oder anderen Menschen erwirbt und doch besitzt, hat sie sich in manchen vorigen Leben in die Wiege gelegt.

Ich blicke aus dem Fenster durch die zerbrochene Scheibe in den grauen Oktoberhimmel Schwedens. Ich habe diese bedingungslose Liebe nicht bekommen als kleiner Mensch. Nicht von meiner leiblichen Mutter und dies habe ich ganz tief in mir drin, mitten in meinem Kinderherzen damals, deutlich gespürt.
Weil ich diesen kindlichen Schmerz immer noch in mir trage, habe ich immer noch mein Kinderherz.
Warum ist das so?
Ich hätte auch, statt von meiner Mutter, die mich, als ich selbst nur wenige Wochen alt war, fort gab in die Obhut ihrer Freundin Hildegard Franziska Graf, geborene Dietrich, in Fürth, gesäugt werden können von einer Übermutter voller Liebe mit noch drei oder vier Ammen, die mich alle bedingungslos geliebt hätten, dann würde ich in einem Land leben, in dem Milch und Honig fließt, vorausgesetzt ich bin mir dessen bewusst und ich bin dankbar dafür.

Wahrscheinlich wollte ich vor meiner Geburt die Kraft zur bedingungslosen Liebe aus mir selbst holen.
Ohne Hilfe.

Ich wollte mir dieses wichtigste Gut selbst erkämpfen sozusagen aus dem Nichts. Einige Starthilfen besaß ich schon und für die sollte ich mir einfach danken, dass ich mir diese für mein jetziges Leben zugestanden habe.

Es sind meine Gesundheit, die Güte meiner Zieheltern, die Anwesenheit und Gnade meiner Eltern, dass, wenn sie da waren, sie freundlich zu mir waren und Vater zugestehen, dass er auch eben ein eigenes Leben hat, eigene Gefühle, Schwierigkeiten und Härten.

Ich darf von erwachsenen Menschen nicht nur Perfektion erwarten.

Du siehst ja, Hermann, wo du dich momentan befindest. Kritisierst deine Eltern ob ihrer von dir als solche empfundenen ungenügenden Erziehung und Wärme und hockst selbst hier in der Irrenanstalt, mit 32 Jahren, wo du in deinem vorherigen Leben, als Otto von, das war 1847, gerade mit Johanna verlobt warst und sie heiratetest und dabei einen guten Posten hattest im Alter von 32.

1847 war ich Abgeordneter im Vereinigten Preußischen Landtag.

Damals war ich kaum glücklich.

Nie zufrieden.

Liebe? Kannte ich nicht. Forderungen, Erwartungen, Ansprüche, Versprechen sind keine Liebe. Oft schwärmte ich vor

Johanna von anderen Frauen wie vor einem guten Freund. Sie musste mir Ehefrau, Freundin, Mutter, Vater, Schwester und guter Freund zugleich sein.

Was muss sie viel gelitten haben unter mir.

Und so kam es, dass Otto von Bismarck, noch ehe er starb, sich wünschte, das heiligste, mächtigste, kraftvollste, dauerhafteste, unzerstörbare Element des Lebens zu besitzen: Bedingungslose Liebe!

Wenn das so ist, muss ich es mir selbst nur noch bewusst machen.

Ich muss lernen, dazu zu stehen.

Für diese Aufgabe, die ich mir selbst gestellt habe, muss ich meine volle Bereitschaft entwickeln.

Wenn ich die habe, begegne ich meinem Leben mit der richtigen Hingabe, der angemessenen Haltung und der notwendigen Kraft, Entschlossenheit und Energie, um all meine Aufgaben zu meistern.

Ich erkenne, dass es mit meiner Mutter Maya und meinem Vater, Shuddhodana, heute genau so ist.

Es ist von zentraler Bedeutung, dass ich die absolute Eigenverantwortung für alle meine Entscheidungen, Gedanken, Worte und Taten übernehme sowie für all jenes, was ich nicht beschlossen, gedacht, gefühlt und getan habe.

Dem Weg dieser Erkenntnis will ich weiter folgen.

Ich will allen weltlichen Gütern und Bequemlichkeiten entsagen, will den Weg Yamas gehen: Den Weg von Krankheit, Armut und Tod, um das irdische Leben für immer zu transzendieren, zu durchblicken ob seiner Wahrheit und seiner Eytelkeiten, um seinen Kern zu finden, um seine Spreu von seinem Weizen zu trennen!!

Ich bereite mich vor und ich *will* – ich *muss* aufwachen! Aufwachen!

Aufwachen!

Aufwachen!!

Immer wieder wiederhole ich diesen Weckruf, bis ich ihn in die Welt hinaus schreie!

Ich habe geschlafen, doch jetzt öffne ich meine Augen!

Ich schreie, brülle in meinen Raum:

„Aufwachen!"

„Erwachen!!"

Von der Lautstärke und Kraft meiner eigenen Stimme erschrecke ich mich. Zum Glück!

Ich erwache, erblicke neben mir einen Mann.

„Professor Kinberg!", rufe ich erstaunt, erst ein wenig verwirrt und es dauert eine Weile, bis ich mich an alles erinnere.

Dann aber erfasse ich rasch die Not meiner Situation und die des armen, von dem Aufruhr meiner Gewalt eingeschüchterten, schockstarren Professors neben mir, als ich vor mir auf dem Tisch Papier und Füller erblicke.

Das habe ich da hin gelegt.

Ich muss kurz weggetreten sein.

Einen Moment lausche ich in den Raum, höre draußen kaum Stimmen, gedämpftes Gemurmel wie aus der Ferne.

Schwungvoll stehe ich vom Bett auf.

Schwindelig ist mir immer noch, aber ich reiße mich zusammen, berühre Herrn Kinberg an der Schulter und deute mit meinem ausgestreckten Mittel- und Zeigefinger auf den Tisch.

Der Professor ist kreidebleich und neigt den Oberkörper zum Tisch hinüber und während ich mit einem Seidentuch gemächlich die Klinge meines Stiletts von Fingerabdrücken befreie, ergreift mein neuer Kamerad hier wie paralysiert das Schreibgerät.

Bevor er etwas einwenden kann, diktiere ich ihm auf Schwedisch:

„Jag intygar härmed att kapten Hermann Maier togs in på Långbro sjukhus på egen begäran; att han varken vid intagning eller utskrivning uppvisade några tecken på mental sjukdom; och att vid utskrivandet han ej uppvisar några som helst tecken på sjukdom.“

Als er mit zittriger Hand und deutlich widerwilliger, erstarrter Körperhaltung diese Zeilen niedergeschrieben hat, lese ich den Text durch und mir entweicht ein zufriedenes Grinsen, als ich bemerke, dass er mich kurzerhand geadelt hat.

Natürlich bin ich nicht „von“ Maier, aber es gefällt mir im Augenblick so.

Kinberg müsste meine Akte kennen, in der in meinem Namen kein Adelstitel oder ein „von“ auftaucht und ich vermute, dass er in seiner momentanen Panik einfach „H. von Maier“ geschrieben hat, weil er davon ausgeht, dass ich, wie auch Nils von Kantzow, Carins Exmann, von Adel sei.

Obwohl er eigentlich genau wissen müsste, dass dies nicht der Fall ist.

Mit etwas Nachdruck durch mein blankes, nun auf Hochglanz poliertes Stilett zwinge ich ihn anschließend, den hiesigen Ort, das Datum, seinen Namen und Titel anzugeben.

Er fügt also hinzu:

„Långbro sjukhus, 7 oktober 1925 Olof Kinberg, professor."

Erneut überfliege ich die Zeilen und bin zufrieden.

Da steht, dass ich mich selbst eingeliefert habe, psychisch gesund bin, während des gesamten Klinikaufenthalts und zum jetzigen Zeitpunkt.

Anschließend blicke ich in seine Augen. Er steht unter Schock und ich kann froh sein, dass er dies für mich geschrieben hat.

Das ging ja relativ leicht.

Wahrscheinlich ist er einfach erleichtert, mich bald los zu sein.

Ab heute ist meine Botschaft an die Welt: Ich bin geheilt!

Ich bin von mir selbst überzeugt. Auch, wenn sie mich irgendwann wieder vor der Tür der Anstalt hier in Långbro antreffen, mich erneut fesseln und einsperren, ich will ab sofort verhindern, dass meine Visionen, meine Ängste vor Abraham und den Engeln, vor Mohammed und Metatron sich zwischen mich und meine Carin stellen!

Mein Weg zur Heilung ist so einfach! Leider habe ich das erst jetzt – so spät – begriffen: Ich wohne in meiner Seele!

Ich glaube an mich selbst!

Sollen sie doch alle kommen! Ich sehe den Tatsachen ins Auge!

Wo bist du, Abraham? Komm mit deinem brennenden Dorn, treib' ihn mir mitten ins Herz, damit er mich reinigt, wie Jesus die brennende Dornenkrone auf dem Kopf trug als Symbol seiner geöffneten drei Chakren auf seinem Haupte, seiner Himmelsherrschaft, auf seinem Kopfe, die drei Kronen!

Auch er musste leiden!

Durch Leid führt der Weg zum Sieg!

Mein Leiden, alle Höllenqualen werd ich überstehen!

Denn ein Hauptaspekt des Lebens ist das Leiden!

Aufmerksam und wieder etwas zur Ruhe gekommen betrachte ich den Professor. Er leidet gerade auch!

Alles ging so schnell. Noch leicht nervös rekapituliere ich, was soeben geschehen ist. Nachdem ich die Leute vom Personal raus gebeten habe, raus befohlen habe, richtete ich meine Worte an den Mann mir gegenüber.

„Herr Professor Kinberg! Ich habe durch meine Familie Verbindung in die höchsten Kreise der schwedischen Regierung. Erinnern sie sich noch an Ihren Hochsitz eben hier im Haus?"

Energisch erhebe ich mich, greife mein Stilett. Eine Weile blicke ich den Professor fest und ruhig an. Er schlägt seine Augen nieder. Schweigt.

„Wenn es Ihnen lieb ist, dass ich nicht bei der Krone Meldung über Ihr Verhalten mache, dann setzen Sie jetzt sofort ein

Schreiben auf, in dem Sie erklären, dass ich vollkommen genesen und von meiner Sucht geheilt bin!"

„Das ist nicht wahr," gibt mir der Professor mit unterdrückter Wut in der Stimme zu verstehen und starrt mich entsetzt an. Ich grinse nur.

„Ich weiß. Aber ich habe mich im Griff. Schreiben Sie!"

Sein Blick widerspricht mir und er möchte mir etwas sagen wie:

„Das ist Erpressung!", doch er ist still.

Der drohende, lodernde Ausdruck meiner Augen macht ihn fügsam. Ich kann seine Angst spüren. Er schluckt, greift mit zitternder Hand zu Papier und Füllfederhalter, welche ich ihm auf den Tisch gelegt habe, notiert einige kurze Zeilen, die ich ihm eben diktiere und legt die Feder aufs Papier.
Wortlos lese ich die Notiz. Zufrieden betrachte ich ihn mit verschlagenem Lächeln, nicke ihm anerkennend zu, falte das Schreiben und schiebe es in das Couvert.
Ich habe mich soeben selbst entlassen. Vom Irrenhaus geht's ab nach Haus!

Meine Ängste, meine Dämonen habe ich bezwungen.

Gezähmt.

In meine Seele integriert. Gefressen!

Ich habe ihre wahre Natur erkannt! Sie sind meine Kräfte! Und wenn ich selbst der Teufel bin! Was soll's?

Dann bräuchte ich wenigstens keine Dämonen zu fürchten, denn ich bin ihr Anführer. Ihr König! Der schlimmste unter ihnen!

Als letztes müsste ich vor Abraham scheuen, denn er ist *kein* Dämon, sondern mein Großvater!

Soll er doch kommen mit seinem heißen Sporn, ich habe zehn davon!

Den nächsten Dorn bekommt er von *mir*!

So einfach ist das!

Leider habe ich das erst jetzt, so spät, begriffen.

Sollen sie doch alle kommen!

„Wo bist du, Abraham? Abraham? Ha! Hier bin ich! Erkennst du mich?"

Ich klopfe mir ein paar mal mit den weit auf gespreizten Händen auf die angespannte Brust, brülle, blicke wutentbrannt herausfordernd gen Himmel durch die zersprungene Fensterscheibe.

„Ich bin es! Jakob! Der Dieb! Dein Enkelsohn! Ja! Ich habe es begriffen, Abraham! Ich bin Jude! Ich bin Dein Enkelsohn! Ich bin Jakob, der seinem Bruder das Erstgeborenenrecht stahl!! Ich bin es, Jakob! Ich bin der Vater der zwölf Stämme! Ich, Hermann Maier, bin die Wiedergeburt des Jakob, ich bin der Vater der zwölf Stämme Israels, Dein Enkelsohn und ich bin auch die Wiedergeburt Davids, des Vaters Salomons!!"

Tief hole ich Luft und brülle:

„Ja! Ich weiß es! Und ich akzeptiere es!! Bist Du jetzt zufrieden? Ist es das, was Du mir sagen wolltest? Warum sprichst Du in der Sprache der Engel zu mir, mit Gewalt? Ist es, weil ich Dich sonst nicht höre?

Ist es, weil ich mich öffnen soll für Deine Liebe?

Deine Botschaft ist die Liebe!

Ja!

Ich erkenne es!

Ich habe es begriffen!!", schreie ich, spüre meine Anstrengung, Anspannung in meinen Muskeln und Sehnen am Hals, meinem Nacken, meinem ganzen Körper!

„Ich bin Jakob, der Dieb, Dein Enkelsohn! Der, dem verziehen wurde und der sich selbst verziehen hat! Komm' und hol' mich! Komm mit Deinem brennenden Dorn, treib' ihn mir mitten ins

Herz, damit er mich reinigt!", schallt meine laute Stimme hart von den Wänden des kleinen, beinahe leeren Raumes zurück, „damit er mein Herz – Chakra für mich selbst ganz öffnet!"

Das Brennen in meiner Brust, in meinem Rücken zwischen und leicht unterhalb meiner Schulterblätter ist also kein „gereizter Sphinkter", wie Kinberg, die Pfleger und die Schwestern mir gegenüber abschätzig sagen!
Es ist kein Sodbrennen! Es ist die Kraft der Liebe nur für mich selbst! Es ist Liebe, die nur für mich selbst da ist! Meine Kraft! Meine Macht! Meine Gewalt! Sie wächst!
Was ich empfinde, ist Wachstumsschmerz!
Als Kind litt ich oft unter schmerzenden Schienbeinen, mit etwa neun, zehn oder elf Jahren. Ich ärgerte mich. Aber ich hätte stolz sein sollen ob meines Wachstums! Des Wachstums meines normalen, menschlichen grobstofflichen, physischen Körpers.
Was habe ich gelitten, gekämpft, gerungen, habe Abraham abgewehrt, habe mich gegen diese Visionen gewehrt von Abraham, der mir glühende Kohlen, einen brennenden, heiß-rot glühenden Eisenstab in den Rücken rammt! Zwischen meine Schulterblätter!! Kinberg meinte, ich hätte starkes Sodbrennen! Aber das war es nicht! Es ist das Wachstum! Und ich, ich Esel! Ich hätte stolz sein sollen ob meines Wachstums! Des Wachs-

tums meines hoch entwickelten, exzellent ausgeprägten und wohl gediehenen, übernormalen, menschlichen feinstofflichen, metaphysischen Körpers!!

Ich wachse! Werde stärker! Werde größer! Ich erblühe in meinem Inneren! Leuchte! Strahle! Ich trage Abrahams Sporn im Herzen, der mich anspornt!!

Wie Julius Cäsar den Lorbeerkranz auf dem Haupt trug als Symbol seiner weltlichen Herrschaft!

Wie Jesus die Dornenkrone auf dem Kopf trug als Symbol seiner Himmelsherrschaft!

So ist das eben!

Merkt Euch das!!

Das Leben ist Leiden, das hab' ich Euch, als ich Siddharta war, schon gesagt. Nur damals habe ich geglaubt, es sei nicht richtig, einen, nur *einen* Menschen zu lieben, denn das würde Euch davon abhalten, ein spirituelles, liebendes Herz zu entwickeln.

Dann jedoch sprach ich einst zu Ananda, meinem Aufwärter, dass ein **guter Freund das ganze spirituelle Leben** sei.

Seht Ihr das? Erkennt Ihr dies, dass auch ich hier bekenne, wie wohl es tut, mit dem Herzen geliebt, geschätzt, wertgeschätzt zu werden? Wir müssen achtsam sein mit der körperlichen Liebe und für ihre Früchte, für körperliche Erscheinungen unachtsamen Handelns, für Krankheiten, Kinder, die heillos, ohne Liebe sind, die volle Verantwortung tragen und sie lieben, wie sie sind!!

Liebet in vollkommener Eigenverantwortung mit eurem ganzen Herzen und liebt euren Nächsten wie euch selbst mit eurem liebenden Herzen!

Wie sagte einst mein geliebter Feind, der Bischof Augustinus von Hippo vor Hippo Regius zu mir, als er kam und mich besuchte, als ich gerade Linsensuppe aß?

„Liebe! Liebe und dann tu', was Du willst!"

Also!

Seid verantwortungsvoll und handelt verantwortungsbewusst!

Seid achtsam! Achtsamkeit ist der Schlüssel!

Achtsamkeit ist der Schlüssel zu allem!

Erlangt wie ich die Buddhaschaft!

Dann werdet Ihr verstehen, weshalb Achtsamkeit der Schlüssel zu allem ist.

Achtsamkeit und Disziplin!

Meine Lieben, ich werde einst der Todesengel sein.

Ich bin Euer Todesengel.

Es wird viel Leid auf die Erde kommen.

Doch verzaget nicht.

Seid zuversichtlich!

Em per Rime! Avo em per er lü pei!

Seid nicht traurig! Weinet nicht! Habt Vertrauen!

Im Tod ist das Leben!

Es wird eine Zeit des Friedens kommen nach der Zeit der Dunkelheit.

Es wird zwölf Jahre der Himmel verdunkelt sein.

Gewalt wird Gewalt auslöschen.

Hass wird Hass auslöschen.

Furcht wird Furcht auslöschen.

Armut wird Armut auslöschen.

Glaube wird sich in Gewissheit wandeln und Denken wird sich in Liebe wandeln.

Wenn die Zeit der Achtsamkeit kommt.

Wenn ich wieder kehre, wie die Seherin vorausgesagt hat.

Dann werdet Ihr erkennen wie auch ich erkannt worden bin!

Ich kann sie beinahe immer noch auswendig, die Bibel, denn bei der Übersetzung in meinem Leben als Martin Luther ist ja alles beim Schreiben schon einmal durch meine Hand gegangen.

Es ist halt nur ein wenig her.

Den zwölf Stämmen hab' ich es verkündet. In Sanskrit, Farsi, Hebräisch, Arabisch, auf Pali, in Aramäisch, auf Türkisch, Deutsch, Japanisch habe ich Euch verkündet, werdet heilig, werdet Heilige, werdet Heil!

Werdet zu Engeln! Dämonen, dies sind mächtige Wesen ohne inneren Kompass außer der eigenen Machtfülle, so einer, nämlich Cäsar oder Napoleon der Erste, bin ich auch gewesen. Und als ich meine Achtsamkeit und Disziplin hinzugenommen hab, hinzugewonnen hab, ich hab's mir in die Wiege gelegt, als ich Siddharta war, da wurde ich zu einem Engel und entwickelte mich zurück zu einem Erzengel, weil ich mich erinnerte an meine Zeit als Asasel, als ich als kleiner Junge durch die Gegend lief. Das war nicht hier in Schweden, sondern an den Ufern der Pengertz im Veldensteiner Forst.

Ja, der **Wald** hat mich schon immer geheilt, so wird er auch Euch heilen, wenn Ihr ihn nur gut beschützt!

Als ich Jakob war, hatte ich in einem Wald meine erste Vision einer Himmelsleiter. Als ich Siddharta war, erkannte ich meine Erleuchtung unter einem Baum!

Und zwar „wurde" ich nicht erleuchtet, ich erkannte einfach, dass diese Seinsform schon immer in mir steckte.

Ich musste mein Bewusstsein nur von allem Überflüssigen befreien, was mich daran hinderte, dies zu erkennen.

Es ist etwa so, wie bei der Arbeit eines Steinmetzen, welcher seinen Steinquader, in dem ja die Figur, die er heraus arbeiten will, bereits drin steckt, auch nur von dem überflüssigen Gestein befreit, welches uns, den Betrachter, daran hindert, seine innere Vision zu erkennen.

Die Felsen der Erde sind die große Leinwand unseres menschlichen Geistes. Bald werden es auch Filme sein, welche auf echten Leinwänden zu sehen sind.

Anthony Fokker hat es uns beispielsweise vorgemacht. Sein Assistent filmte uns beim Schwimmen in der Nähe unseres Quartiers des Jageri, des Jagdgeschwaders Richthofen Nr. 1 in Belgien, in einer Stunde mit gutem Wetter im Sommer 1918, als ich am Nachmittag des 12. Juli von ihm Besuch erhielt. Zwei Tage später, am 14. Juli, übernahm ich offiziell die Führung des Jageri.

Ich denke oft an Anthony Fokker. Er ist ein guter Freund von mir und wir lachten oft gemeinsam. Und teilten uns einem Vornamen. Er hat überhaupt viel gelacht, war ein fröhlicher Kerl mit leichtem Herzen, so schien es mir.

Ich vermisse ihn. Es war eine herrliche Zeit mit ihm.

Wo er wohl geblieben ist?

Was wohl aus ihm geworden ist?

Bei den Aufnahmen kann man am Wackeln der Kamera noch den Herzschlag des Kameramannes spüren, miterleben, sich mit bewegen, wiegen, in dem Takt, dem Rhythmus seines Herzschlages.

Ob es nun Fokker ist, der filmt oder sein Assistent, in jedem lebenden Menschen schlägt ein Herz, immer, und es ist immer in Bewegung, auch wenn wir mit unserem abgestumpften Alltagsverstand es nicht sehen.

Ich sehe es. Ich atme, berühre, spüre seine Schwingung!

Was ist, Leute, muss erst alles auf Filme aufgezeichnet werden? Brauchen wir noch mehr Anthony Fokkers, die keine Kriegsgeräte, sondern Kinosäle bauen?

Wer den Weg der Wahrheit geht, stolpert nicht, das ist eine alte indische Weisheit.

Schon so oft habe ich Euch den Weg zum Heil gezeigt, zu Vollkommenheit und zur Erlösung.

Aber wer hört auf mich?

Wer hört mich?
Hört ihr mich?
Versteht ihr mich?
Könnt ihr mich hören?
Könnt ihr mich fühlen?

Muss ich euch erst unter die Haut fahren, bis in euer Herz hinein und euer Herz tief berühren, durchbohren, durchbrechen und mit Leid anfüllen, so, wie Abraham es bei mir tat und euch den heißen, rot glühenden Eisensporn in den Rücken rammen, so wie einst Jesus von Nägeln in seinem Körper durchbohrt wurde, die nichts anderes, als ein Symbol für die leidvolle, schmerzhafte Öffnung seiner Chakren ist?

Leiden – Mitleiden – Mitempfinden, Schmerz, den Schmerz der Welt mitempfinden und dadurch Heilen?

Offenbar kann nur einer heilen, der Mensch geworden ist und mit leidet, einer, der selbst krank, der selbst unheil geworden ist, ein Mensch, der selbst Schmerzen erleidet, kann heilen, nicht einer, der gesund und schmerzfrei ist.

Ähnliches kann nur durch Ähnliches geheilt werden.

Wir erkennen uns durch den Blick in den Spiegel.

So ist das eben! Merkt euch das! Spreche ich deutlich genug?

Könnt ihr mich verstehen?

Muss ich noch deutlicher werden?

WIE DEUTLICH MUSS ICH NOCH WERDEN??

Das Leid ist der Sporn des Lebens!

Unser Leid ist unser Ansporn!

Unser Leid ist Ansporn zu Liebe und zum Leben für uns selbst und für Andere!

Unser Leid ist unser Ansporn, um den Schritt zu wagen.

Unser Leid ist unser Lehrer!

Es ist unser Lehrer auf dem Pfad nach *innen*!

Leid leitet uns sicher auf dem spirituellen Weg!

Um letztlich kein Leid mehr zu benötigen.

Um freiwillig zu gehen. Wenn wir den spirituellen Weg freiwillig gehen, können wir vom Leid loslassen und es in Begeisterung wandeln, dann müssen wir uns nicht mehr vom Leid leiten lassen, aber bedenket, das Leid leitet uns!

Folge Deinen Ängsten! Schwimme, tauche, grabe dich durch die dunklen Kammern deines Herzens und erleuchte sie! Wir sind in unseren spirituellen Herzkammern alle miteinander verbunden! Unsere dunkle Herzkammer ist wahrlich wie eine Dunkelkammer in der Fototechnik, Fotomechanik!

Dort, in der Dunkelheit, wird der Film entwickelt, der Film unseres Lebens!

Dort, in der Dunkelkammer unseres Herzens, liegt unser Schatz, gut behütet, gut verborgen in unserem Inneren.

Es gibt wahrlich nichts, was wir in unserer Außenwelt entdecken müssten, wenn wir die Dunkelkammer unseres Herzens erleuchtet haben wie eine lichte, helle, goldene Kugel, wie eine Christbaumkugel, dann haben wir unser Rätsel gelöst und unsere wichtigste Aufgabe erfüllt und erst dann kann unser wahres Leben beginnen!

Dann werden wir wahrhaft zu Schöpfern werden!

Christbaumkugeln!

Warum wohl erfinden wir Menschen Christbaumkugeln?

Habt Ihr Euch das nie gefragt?

Tja, aber ich habe mich das gefragt.

Soeben.

Und die Antwort lautet: Weil wir uns erinnern.

Weil wir uns erinnern an die stille, verborgene, eine Wahrheit unseres Herzens und an die Kammer, die innerste, heilige Kammer unseres Herzchakras, die Lichtkammer, den göttlichen Funken, von dem Meister Eckhart und Theresa von Avila sprechen.

Es ist wie die Perle der Flussperlmuschel, die sich aus Leid, aus einem Fremdkörperchen bildet.

Ein Reiz von außen, welcher als fremd empfunden wird, der es aber nicht ist, denn wir sind in Wahrheit die Welt und nichts ist uns fremd, denn Alles ist mit Allem verwoben!

Und so bildet sich diese helle, glänzende, herrliche Perle, wenn wir alles Leid zu Liebe machen, wenn wir alle Qual zu Erkenntnis und alles Fremde zu unserem Eigenen machen und das Außen zum Innen wandeln.

Diese Perle bildet sich in unserem spirituellen Herzen.

Jede Not wird zu einem Sieg.

Und so werden wir ganz.

So werden wir heil.

So müssen wir uns abspalten, um zusammen zu finden.

Wir müssen zerbersten, zersplittern, um die Einheit zu erfahren.

Um in die Einheit zurück zu kehren.

Dann werden wir die Splitter wieder einsammeln und Heil werden.

Weil wir uns an das Licht in unserem Herzen erinnern, an die runde Form mit goldener Farbe, die eine Kerzenflamme in der Dunkelheit um sich herum wie eine Aura bildet, genau solch eine Struktur befindet sich in unserem feinstofflichen, spirituellen, metaphysischen Herzen!

Das ist alles, worum es bei unserer ganzen Suche geht!

Blinde Kuh, ich führe Dich!

Wohin?

In die Dunkelheit Deiner Herzkammer, um Dich zu erleuchten.

Beim Blinde Kuh – Spiel als Kind war es, glaube ich, da habe ich sie zum ersten mal gesehen, diese Vision meines eigenen spirituellen Herzens. Das ist etwas, das wir alle haben und in uns tragen, wir müssen uns nur erinnern und in unserem Bewusstsein alles, was überflüssig ist, entfernen, was uns daran hindert, dies zu erkennen!

So wie Jesus. Auch er musste erst leiden, bevor er sich los lösen konnte, um in seinem Bewusstsein diese Vision seines eigenen spirituellen Herzens zu erkennen, das ist etwas, das wir alle haben und in uns tragen, wir müssen uns nur erinnern und in unserem Bewusstsein alles, was überflüssig ist, entfernen, was uns daran hindert, dies zu erkennen!

Habe ich das nicht schon gerade gesagt?

Oh Gott, ich verliere meine Konzentration!
Erst jetzt bemerke ich, wie stark ich schwitze und zittere. Mir ist heiß und kalt! Mal abwechselnd! Mal beides zusammen!

Ich sehe grelle Farben vor mir. Schemenhaft.
Figuren, die sich bewegen. Engelswesen. Sie schweben vor mir.
Wie Schmetterlinge. Doch ich bin ohne Furcht.
Ich bin stärker als sie! Vielleicht sollte ich mich gar nicht vor ihnen fürchten und bin ja wirklich ihr Chef.
Ich brauche mich nicht vor einen Zug zu stellen, der fährt, ich muss einfach mit fahren. Wenn Gleise fehlen, so wie in meinem Alptraum neulich, ergänze ich die Strecke um einen Weg, der mir gefällt.
Wenn jemand Anderes die Strecke legt, darf ich mich nicht dagegen sperren, ich muss lernen, im Zug zu bleiben und mit zu fahren.
Ich muss lernen, zu vertrauen, dass der Strom, in dem ich fließe, mich trägt, auch, wenn das Wasser oft eiskalt ist.

Und dann, dann gehe ich achtsam hinein in die Lok und nehme behutsam und mit meiner vollen Eigenverantwortung und aller Vollmacht den mir seit der ersten Stunde zugedachten Platz des Lokführers ein!

Ich bin und bleibe der Chef der Engel, auch, wenn ich ab und zu das Ruder aus der Hand gebe.

Was für ein heftiger Traum vorgestern Nacht, da habe ich mal geschlafen und bekomme direkt so einen furchtbaren Traum von einem Zug, der entgleist, weil ihm die Gleise fehlen und ich, nein, der ganze Gleisabschnitt und der Boden unter dem Zug stürzt um und wird von dem Zug mit fortgerissen.

Gut, dass ich Kinberg das nicht gesagt habe, neulich, sonst hätte er wohl eben nichts für mich geschrieben.

Ich bin der Chef. Chef der Engel. Bin ihr Anführer. Ihr Führer. Ich bin der wahre Führer. Der mächtige, verborgene, offenherzige, nette, doch gewaltige hinter den Kulissen. Ich bin der Teufel. Der Leibhaftige. Satan. Beelzebub. Asasel. Luzifer.

Luzifer, der leichte, schöne, heilige, blau leuchtende Engel. Das Alpha und das Omega. Anfang und Ende.

Ist dies schon das Ende?

Meine Hände zittern, meine Kraft schwindet, ich kann mich nicht mehr auf dem Bett sitzend aufrecht halten. Mit einem letzten, verzweifelten Akt des Willens greife ich mir den bunt bemalten Briefumschlag mit meinem Aufsatz darin, reiche ihn Kinberg, halte ihn vor seine Nase.

„Hier, ich wollte ihn eigentlich morgen in der Gruppenrunde vorlesen, aber nun können Sie ihn für sich behalten, wenn Sie ihn öffnen, das ist sogar noch besser. Bitte öffnen Sie ihn bald!"

Kinberg ergreift zwar das Couvert, sieht aber zu Boden, legt seine Hände in den Schoß.

Vom Tisch nehme ich außerdem meinen Füllfederhalter und mein Entlassungsschreiben, und als ich Kinberg so da sitzen sehe, zieht sich einmal kurz mein Herz zusammen, aber ich verdränge diese Regung.

Ich will jetzt an mich denken und stecke Stift und Schreiben tief in meine Hosentasche.

Wer sich herausgefordert fühlt, mit gefährlich Kranken zu arbeiten, wie wir Insassen der Geschlossenen hier bezeichnet werden, muss auch darauf gefasst sein, von seinem „gefährlichsten Patienten", wie Kinberg mich genannt hat, überrascht zu werden.

Ermattet von der Anstrengung und meiner Selbstmedikation, dem Morphium im Blut, zitternd, muss ich mich hinlegen, lasse mich rückwärts quer aufs Bett fallen, ans Fußende neben Kinberg, der wie versteinert da hockt, der Arme.

Ich hab' ihn echt schockiert.

Er aber hat mir gut getan, ich bin ihm für seine Reaktionen dankbar, es ist eine Gnade.

Mir wird schwarz vor Augen.

Innerlich freue ich mich, mir wird auf einmal leicht ums Herz, ich fühle mich selig.

„Danke!", kriege ich noch heraus.

Das gilt dem Professor. Möglicherweise ist es eine Wirkung des Morphiums, es macht mich versöhnlich.

Dass ich mich nun wohl fühle und für ihn interessiere, für seine Lage, seine Situation, die ich ja mit verursacht habe, muss von dem Stoff kommen, obwohl, eigentlich habe ich nichts gegen ihn, er soll sich mir nur nicht in den Weg stellen.

Aber das tut er ja nun nicht mehr. Also habe ich momentan nichts gegen ihn.

Die Wirkung des Morphiums tritt ein.

Es zwingt mich, loszulassen. Zwingt mich auf mein Bett, ich fühle mich schwer und werde sehr müde. Es ist wie eine mächtige Hand, die mich nieder drückt und mit sanfter Gewalt auf meine Liege presst. Das ist es, was es mir gibt, es verschafft mir die nötige Distanz zum Geschehen, ich vermag freiwillig nicht, loszulassen von meinen Aufgaben, Zielen, Wünschen, Erwartungen.

Was in der Außenwelt geschieht, kümmert mich jetzt nicht mehr.

Ich überlasse mein Leben Gott und lege mein Schicksal in seine Hände. Morpheus holt mich und bringt mich fast bis ins Reich des Todes.

Es klingelt.

[Im Film ab hier → ©Evelyn Glennie: „Touch the Sound" = Xylophon, vierstimmig♥♥♥☺]

Die Schelle der geschlossenen Station hat einen schrecklich schrillen Ton. Er dringt sogar in meine tiefsten, schwachen Träume. Mein Herz hat beinahe aufgehört, zu schlagen. So tief ist meine Entspannung.

Wie ein elektrischer Schock, wie die Stromtherapien, die ich in Aspuddens bekam, reißt mich das Geräusch der Schelle aus der Starre. Die Klingel ist elektrisch gesteuert von der Eingangspforte aus. Wie in einem Mietshaus. Hier war ja auch fast meine Wohnung. Wohnung meiner Seele. Mein Körper gehorcht nur langsam, als ich mich bewegen will.

Gott ist eine Frau! Auf einmal höre ich Carins Stimme im Gang!! Müde blicke ich auf und erkenne immer noch Kinberg, der neben mir sitzt, ruhig, wie gebannt.

Noch immer hält er meinen Brief, meinen bunten Regenbogenbrief in seinen starren, verkrampften Händen.

Sein zusammengesackter Körper schwingt rhythmisch im feinen Puls seines Herzschlags.

Er kann stolz auf sich sein. Für einige Zeit hielt er Napoleon gefangen, den „Tiger", den man erst bannte, nachdem man ihn auf die zweite Insel sperrte.

Mein lieber Herr Professor darf es nur nie erfahren, darf es nur nie erkennen, nie begreifen, was ich ihm schon oft verzweifelt zu erklären versuchte, sonst würde er mich für immer weg sperren, also ist es gut so, dass dies mein Geheimnis bleibt und er weiß es nicht.

So sehr heimisch habe ich mich hier dann doch nicht gefühlt, Carin ist wirklich hier, das ist kein Traum, denn ich höre ganz genau, wie sie draußen mit den Pflegern spricht und sie auffordert, die Türe zu öffnen!

„Das geht nicht, Frau Maier, er hat sich verbarrikadiert mit dem Anstaltsleiter."

Mit aller Gewalt reiße ich mich aus der Lethargie, mit meinem Willen peitsche ich meinen Puls an, schaffe es mühsam, aufzustehen, versetze dem Tisch einen heftigen Tritt, schiebe ihn zurück, stoße den Schrank beiseite, stolpere, falle auf die Knie.

Mit letzter Kraft kann ich das Möbelstück von der Türe weg zerren, dabei gibt es ein lautes Quietschen, was man von draußen bestimmt hören kann.

Im Gang sind laute Stimmen, Geräusche wie Herztöne, die Türe wird geöffnet, von außen! Sie haben es geschafft!

Vor mir steht Carin!!

„Carin!! Meine Carin! Du lebst!", rufe ich überglücklich, beginne vor Freude zu weinen und umarme sie. Um die Beine.

Sie schafft es nicht, mir aufzuhelfen, meine Beine verweigern alle Befehle, wollen mich nicht aufrichten.

Meine Kraft versagt.

Carin weiß immer das Richtige zu tun!

Sie weist die Pfleger an, mir aufzuhelfen.

„Onkel Hermann, gib mir deinen Arm, ich stütze dich!", höre ich eine Knabenstimme.

Auch Thomas ist mit gekommen!

Ich schaue zu ihm hoch. Seine Worte klingen ein wenig fremd.

Erfreut begreife ich, dass er im Stimmbruch ist.

Das passt für einen Jungen mit 13 Jahren.

„Thomas! Danke, dass du hier bist! Ich freue mich!", rufe ich und lasse mir von ihm und den Pflegern aufhelfen.

Ich lächele dankbar, Carin stützt mich am anderen Arm und als die Pfleger mich übernehmen wollen und fragend ansehen, krame ich mein Schreiben aus der Tasche, halte es gut fest, zeige es ihnen. Ein bestimmender Blick von Carin befiehlt ihnen, mich in meinem Willen zu unterstützen und mir schweigend beim Verlassen der Anstalt zu helfen.

Plötzlich bleibe ich im Flur stehen, blicke die beiden Männer an und sage:

„Ich gebe Ihnen einen guten Rat: Besorgen Sie sich bewaffnetes Personal!", nicke zum Abschied, grinse sie noch einmal verschlagen an. Eigentlich sollte es eine Geste meiner Dankbarkeit werden und freundlich wirken. Warum bin ich plötzlich so milde gestimmt, wo ich doch oft solchen Hass auf alle hier in mir trug?

Mein Lächeln muss mehr auf das Personal der Anstalt gewirkt haben wie ein dämonischer Fluch.

Doch mir wird nun tatsächlich leicht ums Herz.

Es muss an Carin liegen und an der Aussicht, ins Freie zu kommen, nach Haus zu Carin und all meinen Vertrauten.

Nun geht es weiter in Richtung Treppenhaus. Langsam und vorsichtig unterstützen sie mich und bringen mich auf Carins Anweisung hin zum Wagen.

Als wir aus der Tür der Anstalt sind, hier am Seiteneingang, mag ich inne halten, bitte Carin und Tomas, eine Weile still zu stehen.

Vom Flur des Nebengebäudes, der „Geschlossenen", führt eine kleine, unauffällige Steintreppe in den Garten.

Gearbeitet haben wir hier. Unter Aufsicht natürlich und zu therapeutischem Zweck. Ich erinnerte mich an meinen Garten auf St. Helena. Als ich Napoleon war, aber das sagte ich niemand.

Schweigend blicke ich glücklich in Carins Augen, schaue Thomas freundlich an und betrachte gefühlsverloren den an den Garten grenzenden Park, Bäume, Wolken, Carins Haar und das Licht in ihren und Thomas' Augen.

Dankbar trinke ich den Wind, koste die frische Luft, bin auf einmal so lebendig! Noch ein Blick zurück zu den Mauern der Anstalt. Eine Weile weilte mein Geist hier, hinter den weißen Mauern von Längbro.

Wie bin ich nur hier heraus gekommen?

Meine brennende Sehnsucht nach Carin, sie hat mich angetrieben!

Kinberg hat Recht: Liebe ist die stärkste Macht im Universum!

Erschöpft, müde und dankbar, glücklich, endlich hier zu sein, an einem Teil aus meiner privaten Welt, Carins und meinem Auto, beuge ich mich hinein und lege mich schon fast hin, breite mich auf dem Rücksitz aus.

Thomas sitzt mit vorn. Es beginnt zu regnen. Carin fährt los. Stille begleitet uns nach Haus. Endlich Ruhe.

Danke, Gott! Danke, Carin!

In einer Kurve durch die regennassen Straßen erblicke ich noch einmal die Anstalt, in meinem Zimmer zum Garten, hinten am Haus, brennt noch das Licht, als wir um die Ecke biegen. Dann ist da nur noch das monotone, gnadenvolle Geräusch des Regens. Und Ruhe und Stille. Außen grauer Wolkenhimmel, in mir endlich schwarze Nacht. Geborgenheit umfängt mich. Sicherheit.

FRIEDE!

[Für die Verfilmung: Während der Wagen durch die vom Wetter graue Landschaft, durch von Tropfen bewegte Pfützen langsam durch die, den grauen Himmel reflektierenden, Straßen Stockholms fährt und sich allmählich von der „Långbro sjukhus Anstalt" entfernt, läuft „Touch the Sound", das vierstimmige Xylophon – Stück von Evelyn Glennie, weiter, die Perspektive wechselt von der Hermann Maiers im Wagen auf die verregnete Frontscheibe, durch die Seitenfenster des Wagens, auf das Fenster seines alten Zimmers, das Haus der Anstalt in seiner

Umgebung auf die Pfützen und den Regen auf den Straßen, folgt so dem Wagen auf seinem Weg durch die Straßen, dann erhebt sich der Blick langsam in die Höhe, die Weite, steigt sanft auf, wie ein Vogel, der bald den Wagen, die Anstalt und die immer weiter sichtbare Umgebung überfliegt und steigt, sachte, steigt, bis die Anstalt und das Auto sich bald ganz in der allmählich wachsenden Vielfalt der Landschaft der Umgebung der Anstalt des Jahres 1925 an einem verregneten Oktobertag verloren haben.

So lange, bis „Touch the Sound", das 5:57 Minuten dauert, zu Ende und verklungen ist. Ende der Szene.]

Lebe jeden Augenblick. Ein Mann mit zwei Gesichtern

Einige Jahre später. 2021. Irgendwo auf Terra, Sonnensystem.

Herr Maier wurde abgescannt.

Die junge Frau runzelt die Stirn und macht ein böses Gesicht.
Abwehrend.

„Nein!", sagt sie mit Entschlossenheit und schüttelt den Kopf.

Das ist die Wirkung, die der alte Herr seit Jahren auf Menschen
hatte. Seit seiner Kindheit.
Früher lag es an seiner Neurodermitis.
Im Kindergarten und zur Grundschule erschien er mit Mullbin-
den um Arme und Beine. Das sind so dünne Verbände aus
Leinen. Oder Baumwolle. Manchmal werden sie auch Gase
genannt. Mullverbände eben. Wer beim Arzt oder in einer Klinik
arbeitet, kennt das.

Was ist Abscannen?

Die Leute sehen dich von Kopf bis Fuß an, kräuseln die Haut
zwischen ihren Augenbrauen. Ihr Blick wird so was wie wütend.

Ärgerlich. Sie nehmen den Kopf zurück und wirken angewidert.

Dann bewegen sie den Kopf ein paar Mal hin und her.

Das ist Abscannen.

Kannte Herr Maier gut aus seiner Kindheit.

Das Abscannen kommt von der Ablehnung. Es ist Selbstschutz.

Der oder diejenige, die es macht, will sich mit dieser Geste vor neuen, fremden, vielleicht beängstigenden und bedrohlich erscheinenden Einflüssen schützen.

Konnte er verstehen. Er hatte sich selbst oft dabei ertappt, dass er Leute oder Hunde abgelehnt hatte, weil er Angst vor Menschen entwickelt hatte.

Außerdem hatte er seit seiner Kindheit eine Hundehaarallergie, also hatte er Hunden gegenüber meistens mit Ablehnung reagiert, weil er durch den Hund in seiner Nähe Asthma bekam. Mit seiner eigenen Ablehnung wollte er sich auch nur schützen.

Es ist nicht persönlich gemeint, das Abscannen oder die Ablehnung. Im Grunde.

Abgescannt hatte er sicher auch schon viele Leute aber erst dann, wenn andere Menschen es bei ihm machten, wurde ihm bewusst, dass er sich davon auch nicht frei sprechen konnte.

Das Abscannen kommt von der Ablehnung aber eigentlich ist es auch schon ein Teil der Ablehnung.

Menschen, die diese Geste ihm gegenüber machten, brauchten das Wort „Nein" eigentlich gar nicht mehr laut auszusprechen.

Ihr braucht es nicht mehr laut zu sagen: Nein.

Er spürte es auch so. Ohne Worte.

Eure nonverbale Sprache ist sehr stark.

Eigentlich könnten wir schweigen.

Dann würden wir uns besser verstehen.

Artur, sein Psychologe, der würde ihn jetzt fragen:

„Was ist Ihnen denn passiert? Und wer war die junge Frau, die ‚Nein' gesagt hat? Nein wozu?"

Er würde Herrn Maier freundlich anblicken.

Im Moment ist die Praxis seines Psychologen zu. Wegen Corona. Aber er hatte sich seine Art so gut eingeprägt, dass er sich jetzt selbst therapierte und einfach ein Rollenspiel machte.

Er versuchte es jedenfalls.

Also. In seinem Wohnzimmer standen zwei Tassen Kaffee. Die eine war mit Rohrohrzucker vom Bioladen gesüßt. Das ist seine.

Die andere ist mit Honig gesüßt. Akazienhonig. Auch vom Bioladen. Die ist für Artur.

Natürlich würde er ihn im Rollenspiel nicht Artur nennen. Es soll ja möglichst echt sein.

Er nannte Herrn Möller-Riebel nur „Möller". Herr Möller hat dies selbst vorgeschlagen. Es würde die Sprache vereinfachen, meint er. Stimmt.

Er setzte sich auf den einen seiner beiden Sessel in seinem Wohnzimmer. Der Grüne. Das ist sein eigener. Hat nichts mit seiner politischen Gesinnung zu tun. Die Grünen sind ihm nicht grün genug.

Er trank aus der grünen Tasse einen Schluck Kaffee. Schmeckte gut. Ist ja auch selbst gemacht. Naja.

Aufmerksam spürte er der Wärme des Getränks in seinem Körper nach.

Lebe jeden Augenblick. Lebe ihn Intensiv. Das hatte ihm Artur beigebracht. Verzeihung, Herr Möller.

Mit dieser Übung und der Konzentration auf die Wärme in seinem Körper kam er bei sich selbst an.

Er spürte sich selbst. Intensiv. Das war wichtig für ihn.

„Gut," begann er, „ich habe ein Buch geschrieben. Es heißt:

‚Israel! Freue Dich!
König David ist wieder geboren!
Er ist der Moschiach!'

Heute Vormittag, am Samstag, den 23. Januar 2021, habe ich es zu einer Postfiliale gebracht, die samstags geöffnet hat.

Ich habe es per Prio-Brief an einen Mann aus der jüdischen Gemeinde meiner Stadt geschickt.

Anschließend begab ich mich zu Fuß auf den Heimweg. Nach wenigen Minuten auf dem Weg fiel mir ein Schild auf.

„Israel! Schalom!", war darauf zu lesen. Es war von innen an einem Fenster angebracht, so dass es gut von der Straße aus zu erkennen war.

Meine innere Stimme, mein Herz, sagte mir, ich soll dort klingeln und den Leuten von meinem Buch erzählen.

Ja! Eine gute Idee! Das tat ich und ich weiß: Ich darf nichts erwarten! Die Leute sind zu Haus und ich weiß ja nicht, wie es ihnen gerade geht. Vielleicht haben sie Stress. Oder Probleme. Oder sie bereiten gerade das Mittagessen zu, denn es war fast Mittagszeit. Und dann klingelt jemand unerwartet. Das stört dann sicher. Ich weiß. Würde mir auch so gehen. Ich darf das nicht persönlich nehmen."

Er machte eine Sprechpause und nahm aus seiner grünen Tasse noch einen Schluck Kaffee.

Herr Möller sah ihn freundlich an. Gütig. Mitfühlend. Er hatte ihm aufmerksam zugehört.

„Und Sie haben geklingelt?", fragte er.

In Herrn Maiers Vorstellung natürlich. Aber der Psychologe hätte es auch getan, wenn er jetzt hier gewesen wäre. Er setze sich auf seinen Sessel. Den Blauen.

Blau stand bei ihm immer für Psychologie. Schon seit Herrn Maiers Studienzeit. Da bekam „Psych" immer blaue Ordner.

Der alte Herr kostete einen Schluck vom honiggesüßten Kaffee. Aus der blauen Tasse. Das hätte Herr Möller auch getan.

Ruhig und gefasst blickte er aus dem Fenster. Dann stellte er die blaue Tasse ab und wechsele wieder zurück in den grünen Sessel.

„Ja. Ich habe geklingelt. Unten. Weil die Wohnung mit dem Fenster mit dem Schild auch par Terre war," antworte er Herrn Möller und suche Verständnis und Hoffnung in seinem aufmerksamen Blick.

„Das war mutig von Ihnen, Herr Maier!", erklärt der Psychologe dem alten Herrn.

Herr Maier ging vom blauen erneut auf den grünen Sessel und wechselte die Kaffeetasse.

„Danke!", antwortete er.

Das hätte er sich selbst nicht gesagt. Dass es mutig war. Herr Maier hielt es für normal, auf Leute zuzugehen, die er nicht kannte. Das war normal für ihn und das Abgelehntwerden auch. Und das Abgescanntwerden. Und es tat weh. In seinem Herzen.

„Aha. Und nachdem Sie geklingelt hatten?", hakte Herr Möller achtsam nach.

„Dann öffnete mir diese junge Frau. Sie sah schön aus. Hatte ihr langes, dickes, schwarzes Haar zu einem Zopf zusammen gebunden. Ihr Gesicht trug verantwortungsvolle weiche Züge. Sie hatte große, runde, dunkle Augen, die sich jedoch schlitzartig zusammen kniffen, als sie ihr Handy in die Hand nahm und ich ihr darauf hin vorschlug, sie möge doch bitte mal mein Buch googeln."

„Was haben Sie gemacht?", unterbrach ihn Herr Möller.

„Ich habe gefragt, ob die Worte ‚Israel! Schalom!' zu ihr gehören. Sie nickte. Ich sagte, wie mein Buch heißt. Als ich ihr Handy sah, meinte ich, sie könne das mal bei Google eingeben. Und meinen Namen. Und als ich das gesagt hab, hat sie mich abgescannt, hat ‚Nein' gesagt und den Kopf geschüttelt."

Es entstand eine Gesprächspause.

„Und was löste das bei Ihnen aus?"

„Trauer. Ich weiß vom Verstand her, dass ich von einer fremden Person, bei der ich unangekündigt schelle, nichts erwarten kann. Aber mein Herz weint. Es weint, weil auch Jesus Christus damals von den Menschen nicht verstanden worden ist."

„Von einigen aber schon. Auch zu Lebzeiten. Und heute ist er einer der bekanntesten Menschen der Weltgeschichte."

„Ja," entgegne Herr Maier, „aber muss das immer nur postum sein, post mortem, nach dem Tod? Warum können die Leute nicht zur Abwechslung mal verstehen, wenn ein Messias vor ihnen steht?
Ich glaube mittlerweile, die Menschen haben gar kein Bedürfnis nach einem Messias. Naja. Ihnen reicht eben das Leben so, wie es ist.
Ich meine die jüdischen Gemeinden. Denn die christlichen Leute und die Moslems haben ja schon ihren Messias. Und ihren Propheten, der ihnen die Botschaft Gottes oder Allahs nahe bringt."

Wieder Schweigen.

„Wie, Herr Maier, sieht denn diese Botschaft aus?"

„Ganz einfach! Das Leben, was wir hier leben, ist nicht das ganze Leben.

Das wirkliche Leben ist immateriell und findet in unseren Herzen statt.

Das Verstehen, was wir hier im Durchschnitt leben, ist nicht das ganze Verstehen.

Das wirkliche Verstehen geschieht nicht mit dem reinen Verstand. Es findet in unseren Herzen statt.

Der Tod, vor dem wir uns fürchten, ist nicht der wahre Tod.

Unsere Seele lebt ewig. Nur der Körper vergeht. Und wechselt.

Doch sterben tun die, welche ihre Liebe leugnen.

Also steht zu Eurer Liebe und ihr findet zurück ins Leben!

Der Reichtum, dem wir heute nachstreben, ist nicht der wahre Reichtum. Der wahre Reichtum ist nicht materiell und ist nur in unseren Herzen zu finden. Gott, Allah und JHWH sind in Wahrheit EINS. Es gibt keine Trennung," erklärte er Herrn Möller und blickte ihn begeistert an.

Für den Augenblick ging es ihm schon besser.

„Ja gut. Das kann ich nachvollziehen, Herr Maier. Aber bitte erklären Sie mir, was hat das mit *Ihnen* zu tun?"

„Na, ganz einfach! Ich war der Jakob aus dem Alten Testament. Ich bin der Vater der zwölf Stämme. Und ich war Jesus und dann Mohammed. Meine Botschaft war überall die Gleiche. Nur die Leute haben es auf verschiedene Art verstanden. So hat sich entwickelt, was heute Judentum, Christentum und Islam genannt wird.

Verstehen Sie?

Es geht jedes Mal einzig und allein um die ‚spirituelle Welt'.

Die Menschen sagen ‚spirituell'.

Spiritus, Spirit oder Esprit bedeutet Geist.

Dabei müsste es ‚Herzwelt' heißen!

Denn der Geist empfindet nicht, aber das Herz fühlt.

Genau das ist den Menschen zu gefährlich.

Sie haben Angst davor. Sie fürchten sich, in ihr Herz zu blicken und sich wirklich selbst zu erkennen.

Ich hingegen nicht. Ich habe mich klar erkannt. Auch wenn die Leute Jesus als Gott ansehen, so ist da kaum ein Unterschied zwischen ihnen und mir. Ich habe mich selbst vollkommen erkannt. Das ist der einzige Unterschied. Das ist alles."

„Aha, Herr Maier. Und was ist dann Ihr Problem?"

„Mein Problem ist, dass viele Menschen mich auf einen Sockel stellen. Ich möchte nicht ‚Gott' genannt werden. Ich möchte, dass sie mich in sich selbst erkennen und mir nachfolgen, indem sie tun, was ich getan habe."

„Und was haben Sie getan?"

„Ich habe mich selbst erkannt. Das ist alles. Wollen Sie wissen, wie das geht?"

„Das will ich schon, Herr Maier, aber Ihre Gesprächszeit ist jetzt abgelaufen. Wenn Sie mir das erklären wollen, brauchen Sie einen neuen Termin!"

„Wie meinen Sie das jetzt?", fragte er Herrn Möller nach einer Weile und nahm noch einen Schluck Kaffee aus seiner grünen Tasse, während er es sich in seinem grünen Sessel richtig bequem machte.

„Nun, Herr Maier, Ihre Gesprächszeit. 45 Minuten. Sie wissen das doch," erklärte Herr Möller vom blauen Sessel aus mit seiner himmelfarbenen Tasse in der Hand. Er lächelte Herrn Maier an. Nein, es war eher ein Grinsen.

„Das ist mir egal, dann nehme ich eben eine Doppelstunde!",
argumentierte der alte Herr selbstbewusst und Herr Möller stellte seine Tasse auf das Tischchen zwischen ihnen, überkreuzte
die Beine, faltete seine Hände über die Knie, blickte Herrn Maier aufmerksam an, schmunzelte und hörte zu.

„Ich bin Ihnen sehr dankbar, dass Sie Zeit für mich haben!", er-
öffnete er das Gespräch erneut.

„Ich werde ja auch bezahlt. Immerhin müssen auch die Mäuse
stimmen, selbst in der Corona-Zeit," gab Möller schlagfertig zurück.

„Naja, das ist genau mein Problem. Sehen Sie, ich hatte heute
Morgen eine Maus in meiner Vorratskammer. Die ist nahezu
leer und die Maus ist da, wo sie aus meiner Sicht nicht hin gehört. Ein paar Mäuse in der Tasche wären nett, wenn Sie
verstehn, was ich meine!"

„Aha. Warum brauchen Sie mich eigentlich? Wenn Sie Jakob
und womöglich noch König David, vielleicht ja sogar Cäsar, Karl
der Große, Mohammed, der Prophet Allahs und Jesus höchst
persönlich sind, warum reden Sie nicht einfach mit sich selbst

und lassen Mäuse wachsen, wenn Sie verstehn, was ich meine!"

Herr Möller starrte sein Gegenüber herausfordernd an.

Das sah ihm in die Augen, dann senkte Maier seinen Blick, nahm seine warme Tasse zur Hand, genoss den Kaffeeduft, trank einen Schluck von der legalen Droge und gab ehrlich und mit ruhiger Stimme zurück:

„Das mache ich ja. Ich rede mit mir selbst. Aber es hilft auch nicht richtig."

„Wollen Sie jetzt damit sagen, dass Sie glauben, dass Sie wirklich die Wiedergeburt von all diesen Leuten sind?"

„Ja," bekannte Herr Maier.

„Aha. Dann leiden Sie unter Größenwahn, Cäsarenwahn und unter jeder Menge anderen Wahnvorstellungen. Ein echt interessantes Krankheitsbild."

„Nennen Sie es, wie Sie wollen. Mir wäre es aber sehr lieb, wenn Sie mir einfach nur glauben, bitte. Und mir zuhören. Es würde mir sehr helfen."

„Ja gut, also schön," gab Herr Möller von sich und wirkte ein wenig aufgebracht.

„Sehen Sie, Ich tue Ihnen ja nichts. Außer, dass ich vielleicht das Weltbild etwas durcheinander bringe, unter dem wir aufgewachsen sind.
Als ich die Erkenntnis über meinen Seelenweg hatte und Einblick in meine früheren Leben bekam, war ich auch zuerst erstaunt. Aber dann bin ich recht einfach damit klar gekommen.
Sehen Sie, all das hat einen Sinn, einen ‚Endpunkt' sozusagen, auf den alles hin laufen soll: Dies ist Maitreya, der kommende Bodhisattva des Theravada-Buddhismus."

„Wollen Sie behaupten, Sie sind Buddha?"

„Korrekt."

„Ich meine Siddharta Gautama."

„Ja. Das ist richtig. Gut erkannt, Herr Möller. Ich bin die Reinkarnation des Gautama Siddharta."

Sie schwiegen beide.

„Und wo liegt das Problem?", fragte Herr Möller.

„Ich fühle mich einsam. Die Leute erkennen mich nicht. Weder sehen sie, ich meine die, welche jüdischen Glaubens sind, dass ich Jakob, der Vater der zwölf Stämme bin. Sie begreifen nicht, dass sie meine Kinder sind. Alle.

Noch erkennen sie, also jene, welche sich zum Islam bekennen, dass ich Mohammed bin, ihr Prophet, der Ihnen einst die Kunde brachte von Allah, dem einen wahren Gott.

Meine christlichen Kinder glauben nicht, dass ich zurück gekommen bin, so wie ich es einst angekündigt habe.

Naja, wissen Sie, Herr Möller, ich kann ihnen im Grunde keinen Vorwurf machen, denn die Leute haben sich halt ein Bild von mir gemacht. Weder hab ich schwarz gefärbtes kurzes Haar und trage Prada wie der smarte Hauptdarsteller aus der Serie „Luzifer", noch sehe ich aus wie der junge, frisch gestylte Albrecht Dürer, der – immer witzig – mit **A**nno **D**omini unterzeichnet hat.

Ich bin schlicht, nicht besonders groß, unauffällig und bin halt etwas dicklich. Die wenigsten Menschen könnten sich Jesus etwas dicklich vorstellen. Dieser Typ in weißem Gewand mit Heiligenschein war Vegetarier und lebte nicht in dieser kranken Konsumgesellschaft. Er trug halt keine Nikes, sondern Jesuslatschen und wenn er wollte, dass die Leute ihm folgen, musste er nur eine Sandale ausziehen."

Herr Möller seufzte.
Maier nahm ein Tuch und wischte eine Träne ab.
Mr. Adrian Monk hat Recht.
Man muss immer genug Tücher haben.

„Aber für mich das Größte ist, dass heute mein zweitausendster Todestag ist," bekannte Herr Maier endlich laut nach mehrmaligem Räuspern.

„Wie bitte?", erkundigte sich der Therapeut nun sichtbar ungeduldig und runzelte irritiert die Stirn.

„Nun, nicht ganz genau der Tag, aber mein zweitausendstes Todesjahr ist in diesem Jahr, Herr Möller!! Denn vor Allem bin ich die Wiedergeburt des Arminius, des Cheruskerfürsten, der auch bekannt geworden ist unter dem Namen Hermann.

Hermann, der Cherusker!!" brach es endlich aus dem armen Herrn Maier mit einer seltsamen Mischung aus dreißig Prozent Verzweiflung und siebzig Prozent unbeugsamer Kraft heraus.

„Also, Herr Maier, was soll ich denn jetzt mit Ihnen machen?", erkundigt sich der Therapeut mitfühlend und erntete von dem alten Herrn nur ein Schulterzucken und einen sehnsuchtsvollen Blick.

„Verständnis," antwortete der zunächst leise.

„Mir fällt da etwas ein," begann er nach einer Weile erneut.

„Es gab da mal ein Buch, das – das war eher ein Heft – das hieß ,*Von der Liebe*' und war von *Khalil Gibran*, einem libanesisch-US-amerikanischen Maler, Philosoph und Dichter.
Es hat mich sehr berührt.
Wenn ich an meine Kinder denke, an all die Menschen, alle meine Kinder, alle meine Kinder jüdischen, christlichen und muslimischen, islamischen Glaubens, an alle Richtungen und Untergruppen dieser Konfessionsreligionen, an alle meine Kinder buddhistischen Glaubens und wiederum auch an all jene, welche sich einer Untergruppe dieser Glaubensrichtung zugehörig fühlen und überhaupt auch an Hinduisten und an alle

Menschen, alle Wesen überhaupt, auch Tiere, Pilze, Pflanzen, Steine, dann empfinde ich diese Liebe und erinnere mich so gern an die Worte des Dichters Khalil Gibran.

Denn er schreibt:

„Wenn die Liebe Dir winkt, folge ihr, sind ihre Wege auch schwer und steil. Und wenn ihre Flügel Dich umhüllen, gib Dich ihr hin, auch wenn das unterm Gefieder versteckte Schwert Dich verwunden kann.

Und wenn sie zu Dir spricht, glaube an sie, auch wenn ihre Stimme Deine Träume zerschmettern kann, wie der Nordwind den Garten verwüstet.

Denn so, wie die Liebe Dich krönt, kreuzigt sie Dich.

So wie sie Dich wachsen lässt, beschneidet sie Dich.

So wie sie empor steigt zu Deinen Höhen und die zartesten Zweige liebkost, die in der Sonne zittern, steigt sie hinab zu Deinen Wurzeln und erschüttert sie in ihrer Erdgebundenheit.

Wie Korngarben sammelt sie Dich um sich.

Sie drischt Dich, um Dich nackt zu machen.

Sie siebt Dich, um Dich von Deiner Spreu zu befreien.

Sie mahlt Dich, bis Du weiß bist, sie knetet Dich, bis Du geschmeidig bist.

Und dann weiht sie Dich ihrem heiligen Feuer, damit Du heiliges Brot wirst für Gottes heiliges Mahl.

All dies wird die Liebe mit Dir machen, damit Du die Geheimnisse Deines Herzens kennen lernst und in diesem Wissen ein Teil vom Herzen des Lebens wirst."

Sie schwiegen.

„Das ist wundervoll," sagte Herr Möller.

„Ja. Ich weiß. Deshalb haben die Worte des Dichters mich ja so sehr berührt. Hingabe. Wir glauben mit dem Herzen.
Das habe ich erkannt, Herr Möller-Riebel. Wir glauben nicht mit dem Verstand. Der Glaube, der mit dem Verstand geschieht, ist eine Vorstufe des Glaubens.
Der wahrlich starke, reine, geläuterte Glaube jedoch, geschieht mit dem Herzen."

„Da mögen Sie Recht haben, Herr Maier.
Wissen Sie, ich kenne den Philosophen Khalil Gibran auch.
Von ihm ist mir allerdings ein anderer Vers in Erinnerung geblieben.
Ein anderes Gedicht. Es heißt „Von den Kindern".
Kennen Sie es?", erkundigte sich Herr Möller freundlich.

„Nein, nicht direkt."

„Gut. Dann will ich Ihnen dieses Gedicht vortragen. Also," und er sprach:

„Von den Kindern.

Eure Kinder sind nicht Eure Kinder. Sie sind die Söhne und Töchter der Sehnsucht des Lebens nach sich selbst.

Sie kommen durch Euch, aber nicht von Euch, und obwohl sie mit Euch sind, gehören sie Euch doch nicht.

Ihr dürft Ihnen Eure Liebe geben, aber nicht Eure Gedanken, denn sie haben ihre eigenen Gedanken.

Ihr dürft ihren Körpern ein Haus geben, aber nicht ihren Seelen, denn ihre Seelen wohnen im Haus von morgen, das Ihr nicht besuchen könnt, nicht einmal in Euren Träumen.

Ihr dürft Euch bemühen, wie sie zu sein, aber versucht nicht, sie Euch ähnlich zu machen.

Denn das Leben läuft nicht rückwärts, noch verweilt es im Gestern.

Ihr seid die Bogen, von denen Eure Kinder als lebende Pfeile ausgeschickt werden.

Der Schütze sieht das Ziel auf dem Pfad der Unendlichkeit, und er spannt Euch mit seiner Macht, damit seine Pfeile schnell und weit fliegen.

Lasst Eure Bogen von der Hand des Schützen auf Freude ge-
richtet sein;
Denn so wie er den Pfeil liebt, der fliegt, so liebt er auch den
Bogen, der fest ist."

„Herr Möller, danke, dass Sie mich daran erinnert haben, dass ich der Schütze bin. Es ist nur so seltsam mit mir. Ich sehne mich danach, dass meine Pfeile zu mir zurück kommen. Alle. Auch die Bögen. Mit ihren Herzen mögen sie zu mir kommen und mich erkennen. Ist das falsch?"

„Nun, wenn Sie der Schütze wären, müssten Sie selbst wissen, ob das falsch ist.

Als Ihr Psychologe kann ich Ihnen aber auf jeden Fall bestätigen, dass es nicht hilfreich ist. Wie Sie eben selbst erklärt haben, sollten Sie nicht mit einer Erwartungshaltung an ein Problem heran gehen, sondern das Ergebnis und sogar den Weg offen lassen und bereit sein, die Dinge so zu nehmen, wie sie sich ereignen.

Bleiben Sie offen für das Leben, Herr Maier.

Lebens Sie bewusst jeden Augenblick.

Bleiben Sie frei und spontan, seien Sie flexibel und unvoreingenommen bezüglich der Welt, wie sie sich Ihnen offenbart. Bleiben sie gelassen. Und vor allen Dingen: Seien sie dankbar für jeden kleinen Augenblick. Dann bleiben Sie gesund und be-halten Ihre Kraft für sich."

„Danke, Herr Möller. Ja, gut. Damit kann ich etwas anfangen. Sei Dankbar! Und:

Lebe jeden Augenblick!

So mache ich es. So möchte ich dem Leben begegnen. Denn letztlich wandelt sich alles in Liebe!"

Epilog

Wenn man irgendwo nicht sein darf, wie man ist, ist man nicht wirklich da.

Wo man sein darf, wie man ist, nur dort geschieht das Leben.

Alles andere ist tot.

Wer nicht ist, wie er ist, ist tot.

Erwachet!

Werdet, wie ihr seid!

Werdet Licht! Erwacht zum Leben!

Tot empfand Herr Maier sich.

So – tot – hatte er lange Zeit gelebt. Existiert. Zeit abgehangen.

Vor sich hin vegetiert. Er hat sich viel zu lang verstellt.

Verschwendete Lebenszeit.

Aber bei Herrn Möller-Riebel durfte er sein, wie er war.

Er durfte sich dort langsam entfalten, sich spüren lernen und lernen, zu empfinden, wie es ist, *er selbst* zu sein.

Ganz langsam und allmählich hatte der Therapeut Herrn Maier gestattet, in sich selbst hinein zu wachsen.

Schritt für Schritt.

Sich selbst in seine eigene Form zu gießen.

Die Form seines Herzens.

Die Form seines wahren Selbst!

Danke sehr, Herr Möller-Riebel.

Dies ist ein Loblied auf eine gelungene Psychotherapie!!

Herrn Maiers Selbsthass hatte er auf ein mal mitten im Gespräch mit seinem Therapeuten, dem er rückhaltlos vertraute, erkannt. Bei Herrn Möller-Riebel hatte Herr Maier sich selbst wieder gefunden.

Er durfte ganz er selbst sein. Mit allen Höhen und Tiefen.

Den meisten und größten Dank verdiente allerdings sein Freund, der jeden Tag mit ihm zusammen lebte, ihn ertrug und ihn an jedem Tage sein ließ, wie er war.

Da erkannte er, da fühlte er die Bedeutung der Worte Khalil Gibrans von der Liebe.

Wahrhaft kannst du nur erkennen, kannst du erfassen und fühlen, was Liebe bedeuten kann, welche Kraft da ist, die dich in jedem Augenblick trägt, wenn du so geliebt wirst, wie du wirklich bist!

Danke von Herzen, mein Freund!
Du gutes, heilsames Wesen!

Literatur

Khalil Gibran:

Der Prophet.

Khalil Gibran:

Wenn dir die Liebe winkt,

dann folge ihr | ISBN 978-3-8436-0357-7

Kurz bemerkt

"Dieses Büchlein ist ein Loblied
auf die Psychotherapie, aber es ist
möglich, dass die Psychotherapie
es nicht merkt."